江户川乱步少年侦探系列

[日]江户川乱步 著
傅栩 译

奇面城的秘密

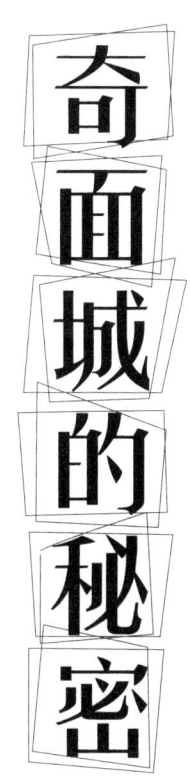

人民文学出版社
PEOPLE'S LITERATURE PUBLISHING HOUSE

图书在版编目(CIP)数据

奇面城的秘密/(日)江户川乱步著;傅栅译.—北京:人民文学出版社,2017.8
(江户川乱步少年侦探系列)
ISBN 978-7-02-013193-8

Ⅰ.①奇… Ⅱ.①江… ②傅… Ⅲ.①儿童小说-侦探小说-日本-现代 Ⅳ.①I313.84

中国版本图书馆 CIP 数据核字(2017)第 191425 号

责任编辑　朱卫净　王皎娇
装帧设计　汪佳诗

出版发行　人民文学出版社
社　　址　北京市朝内大街 166 号
邮政编码　100705
网　　址　http://www.rw-cn.com

印　　刷　山东德州新华印务有限责任公司
经　　销　全国新华书店等

开　　本　890 毫米×1240 毫米　1/32
印　　张　5.25
字　　数　67 千字
版　　次　2017 年 10 月北京第 1 版
印　　次　2017 年 10 月第 1 次印刷

书　　号　978-7-02-013193-8
定　　价　32.00 元

如有印装质量问题,请与本社图书销售中心调换。电话:010-65233595

— 目 录 —

怪盗四十面相 /1

阿多尼斯像 /9

屋顶之上 /16

水 攻 /23

空中的怪声 /30

第二架直升机 /35

驾驶员的真面目 /40

暗号之光 /45

小偷源光 /50

口袋小子 /58

不可思议的变装 /62

警视总监 /70

消失的警队　/76

箱子里头　/82

四十面相的美术馆　/90

巨人的脸　/95

可怕的看守　/102

口袋小子的冒险　/108

秘密会议　/114

两个替身　/119

深入敌阵　/124

小黑豆　/129

翻滚的毛毛虫　/135

巨人之眼　/141

最后的手段　/147

警察的胜利　/153

最后的王牌　/159

—怪盗四十面相—

这天，位于麴町一栋高级公寓楼内的明智侦探事务所来了一位衣冠楚楚的绅士。他名叫神山正夫，家住东京都港区，是一名身兼数家公司要职的实业家。这位神山先生拿着由明智侦探的一位实业家朋友所写的介绍信前来拜访。

明智把神山先生请到了会客厅，询问他为何事而来，只见神山先生满面愁容地说：

"明智先生，是这样的。我正受到怪盗四十面相的威胁。"

"什么？怪盗四十面相？这个人原来的名字是怪盗二十面相吧？可是，三个多月前，这个人在'宇宙怪人'一案时已经被我抓住，现在应该关押在看守所里才对呀……"

明智侦探感到十分诧异。

"可是,那家伙早就越狱逃出来了!"

"这就怪了。那家伙要是越了狱,我应该早就得到消息了。这事肯定会上报纸,可我什么也没听说呀!"

"不,这件事是刚刚才被发现的,因为我向警察报了案。警察也和您一样感到不可思议,去看守所调查了一番。这才发现,四十面相早就掉包成另外一个人了。

"一个酷似四十面相的人成了他的替身,住在看守所的单间里。因为他们长得太像了,所以看守所的守卫们说自己一直都没发觉。无论如何都查不出这个替身到底是什么时候怎么和他本人掉包的。那个替身是个傻瓜一样的男人,不管问他什么,他都只会嘿嘿地傻笑,所有人都拿他毫无办法。"

听了这一番话,明智侦探的脸色沉了下去。这可是件大事,绝不可怠慢。

"请您稍等片刻。"

明智说完从椅子上站起身来，拿起了房间一角书桌上的电话。讲了一阵电话后，他又坐了回去，开口道：

"我刚才问过警视厅的中村警员了，正如您所说的，四十面相好像很早之前就逃离了看守所……不过，您说四十面相威胁您，又是怎么回事呢？"

"先是十来天前，我突然接到了一通奇怪的电话。那声音十分沙哑，很瘆人。

"那声音说的话令我胆战心惊。他说不久之后，他会前来取走伦勃朗的Ｓ夫人画像，要我小心，说完就挂断了电话。

"伦勃朗的Ｓ夫人画像是去年我在法国买到的，是一幅价值数千万的油画。我把这幅画带回日本时，还上了报纸，我想您应该知道。"

"我的确知道。那幅画在日本人拥有的西洋画作中，可以算是最上乘的杰作。这幅油画您是放在何处保管的呢？"

"就挂在我家别墅二楼的陈列室里。那个房间里虽然挂着很多幅西洋画作,但它们与这幅伦勃朗的杰作相比都可谓是天差地别。这个四十面相偏偏相中了这幅伦勃朗的画,他还真是有眼力。"

神山先生说到这里,不禁露出一丝苦笑。

"那么,画作还没有被盗走,对吗?"

"没有。不过,我觉得接下来的四五天恐怕十分危险。其实,昨天早上,当我在卧室醒来时,竟发现窗边的桌子上放了这么一封信。我问了家里所有人,没有一个人知道是谁放的。这个人究竟是怎么进来的,全家人都毫无头绪。"

说着,神山从口袋里拿出一个信封,掏出里面的信件递给了明智。那信上写着这么一段可怕的文字。

接下来的五天之内,我一定会来取走那幅伦勃朗的 S 夫人画像。你可以尽你所能加强戒备。就算你让警察们把你的房子围起来,我也不怕,因为我会魔法。你就和你的伦勃朗名画好好地道个别吧。

四十面相敬上

"因为这封信,我才头一次知道对方是四十面相。我也想过,这会不会是什么人的恶作剧,但以防万一,我还是报了警。而警察调查了看守所,结果就如我刚才所说,发现四十面相已经越狱了。

"警方今早已经派十名警员到我家来实施警戒了。他们昼夜轮班,保证随时都有十个人在附近看守。我家还有一个上大学的儿子,两个寄宿学生,此外我还让我公司的三名年轻社员也搬来我家住下。不用说陈列室的周围了,连我家房子的周围也有一圈的守卫。

"警方的人倒是说,不管那四十面相如何厉害,警戒这么森严,肯定不会有事。可那个四十面相据说会用魔法啊,所以我还是有些放心不下。

"所以我想,唯一的办法,就是找几次三番和四十面相过过招的明智先生您商量了。您可以助我一臂之力吗？"

听了这一番话，明智侦探用力地点了点头，说：

"我明白了。我会尽力而为的。刚才在电话里，我也拜托中村组长前来协助我了。

"再者，这个四十面相从他还自称二十面相的时候，就和我结下了不解的孽缘。既然这家伙现了身，我就绝不会坐视不理。"

说着，明智先生笑了起来。见明智这副表情，神山先生愉快地说道：

"听您这么一说，我就放心了。这不仅仅是为了我自己。要是让这个四十面相继续逍遥法外，难保不发生什么可怕的事件，所以这也是为了社会安定。还请您一定要鼎力相助。"

"我明白您的意思。那么，我们就一块儿去您的家里看看吧。特别是陈列室，我需要仔细查看一下。我还需要带上我的少年助手小林芳雄，您不介意吧？小林他非常聪明，而且行动敏捷，他能帮我很大的忙。"

"当然没问题。那位小林君的事迹，我也听说过不少。我最小的儿子上小学六年级，他可是小林君的头号崇拜者。要是知道小林君会来，他一定高兴极了。"

"哈哈哈哈……看来小林在少年们的心目中名气很大嘛。他走在街上，总会有些小学的男孩和女孩围在他身边，和他要签名。每当这个时候，小林都会羞得满脸通红呢。"

"那是当然，我家的孩子也对这位小林少年十分景仰啊。"

接着，明智按响了提示铃，很快，门便打开了，小林少年那红润如苹果一般的脸庞便出现在了门口。

"小林君，四十面相越狱了。而且他发出预告，声称要盗走这位神山先生家里的伦勃朗油画。还是老一套手段。我打算现在就到神山先生家里去一趟，你也一起来吧。"

"好，我和您一块儿去。不过，四十面相那家伙，到底是怎么越的狱呢？"

"这个嘛，上车和你慢慢说吧。那家伙用了替身。"

"啊，这么说，他是用了上回那招？"

"嗯，那是他的老伎俩了……怎么样，小林君，有没有感到热血沸腾？这一次我可是打算让你挑大梁啊。"

"没问题，您尽管吩咐。那家伙让我吃了不少苦头，得报这一箭之仇。"

说着，三人走下楼梯，来到公寓门口，坐上等在那儿的神山先生的车，朝着港区的神山家疾驰而去。

—阿多尼斯像—

明智侦探和小林少年抵达神山家后,和负责监视的警察商议了一下,把宅子的里里外外每个角落都巡查了一遍,特别是挂着伦勃朗油画的那间陈列室,更是调查得分外仔细。随后,他们定下了一个计划。至于计划的内容是什么,到时候自会揭晓。

接下来的四天里一直风平浪静,但警队的监视却是不分昼夜的严密。就算是狡猾如四十面相,面对这样的阵势,怕是也找不到空子潜进来。

这段时间,只发生了一件蹊跷的事。就在明智和小林少年初次调查神山家的第二天早晨,神山先生走进陈列室,发现立在房间角落的阿多尼斯石膏像碎成了两段,躺在地上。

在它的四周到处散落着石膏的碎片,一旁还有一粒棒球。看样子,似乎是有人在外头玩棒球时,球从打开的窗户飞进来,击中了石膏像的腹部。

陈列室的窗户,一直是紧闭上锁的,只有女佣打扫的时候才会打开。也许是女佣开着窗户,暂时离开房间的空当,那个球刚好砸了进来。

这位阿多尼斯,是古希腊神话中的一位俊美的青年。著名的雕塑家们曾创造过很多他的裸体雕像,但至今尚存的已经所剩无几了。真品本来是由大理石雕琢而成的,但法国的美术商们却制作出了一模一样的石膏像出售,神山先生就买了一尊回来。那是一尊青年阿多尼斯赤裸着身体站立的石膏像,个头高过一个成年人,十分精美。然而,它却被一粒棒球给砸成了两截。

这尊石膏像虽然高大,倒也值不了多少钱。可它毕竟是神山先生千里迢迢从法国买回来的,总不能就这么丢着不管。于是,神山先生立刻给一家叫做早野商会的石膏像专营店打了电话,打算把它复原。

很快，早野商会的人赶了过来，他们表示没法当场修复，便将破碎的石膏像堆上卡车，带回了工厂。就在第四天，它恢复了原样，又被送了回来。早野商会的四个搬运工将它搬上二楼的陈列室，放回了原来的位置。

警察们担心四十面相的手下会混在这些搬运工里，不管是把石膏像运走时还是运回来时，全程严密监视，但没发现什么可疑之处。

伦勃朗的 S 夫人像完好无损地挂在原处。有人提议干脆寄存到银行的保险库里去，但搬运途中太危险，最终还是决定放在陈列室里不动。

算来，石膏像被运回来的当天，正好是四十面相的留言中提到的第五天。他既然说五天之内一定会盗走画像，那么今天的夜半时分便是最后期限。只要平安过了今晚，四十面相就输了。

现在是下午三点，距离午夜只剩九个小时了。警备越发森严。警察、寄宿学生和公司职员合起来总共十多个壮汉，在宅院的各个角落持续不断地监视着。

在神山家的西式书房里，主人神山先生、明智小五郎和中村组长围坐在桌旁，悄声地交谈着。中村组长面露担忧之色，说道：

"明智君，你看上去似乎胸有成竹，真的没问题吗？今晚是最危险的。不如我们三个人在陈列室里彻夜看守，你觉得如何？"

"这样也行，不过我自有主意。陈列室还是让它空着的好。我已经做了周密的安排，画作不可能被盗走，你们就放心吧。

"四十面相从前也发过几次这样的预告函，而且每一次他都得逞了，我们总是被他算计。不管看守多么森严，对他来说都没用。

"所以，这一次，我想换个全新的路子，让陈列室就这么空着。当然，门窗是会上锁的。

"也就是说，故意让他发现破绽，把他引出来，然后再抓住他。"

明智侦探的一番话充满了自信。

"不过，宅院周围的监视还是继续的好。想那四十面相总没本事像只鸟一样飞进来，只要周围有人看守，他就没办法进入陈列室。"

神山先生忧心忡忡地加入谈话。

"不，其实看守没有多大意义。不管守得多严，那家伙都有本事进来。不过，关键时刻总会需要人帮忙的，所以监视还是需要维持现状。"

明智竟然说宅院周围的看守没有必要，不仅如此，还要让陈列室空着，这让神山先生和中村组长不由觉得心虚。

终于，夜幕降临了。

陈列室的窗户锁好，门反锁，两个寄宿学生在门外的走廊上放上两把椅子，坐在那儿守着。

十名警察围在房屋四周警戒，丝毫不敢怠慢。

中村组长不停地在宅院里走来走去，监督着看守人员。

而明智侦探却在黄昏时分离开了宅院，至今未归。紧要关头,我们的大侦探究竟到哪儿干什么去了呢?

夜渐渐深了。

时钟报时的声音传来,现在已是十点。

就在这时,二楼的陈列室里,一件令人不可思议的事情发生了。

陈列室里只留了一盏小灯,其他的照明全都熄灭了。在昏暗的光线之中,"啪、啪、啪",响起了东西破碎的声音。莫非是老鼠在啃咬什么东西?不,这么高级的陈列室里不可能有老鼠。

快看!那尊阿多尼斯的巨大雕像正在轻轻地摇晃!它竟然活了!

不一会儿,更加令人不可思议的事儿发生了。

"啪、啪",那石膏像竟然开裂了。白色的石膏表面出现一些细小的裂痕,而且眼看着越裂越大。

"哗啦哗啦",一些石膏的碎片开始散落到地面,一块比一块大。

然而,因为地上铺着地毯,石膏掉落的声音门外根本听不见。

石膏大块大块地掉落,只见里头露出了一团黑乎乎的东西。

不一会儿,雕像的右脚从膝盖处脱了节,里头居然伸出了另外一条黑腿。紧接着,左脚处也发生了同样的情况,这两条黑色的腿支撑着一具罩着石膏的身子,离开雕塑的底座,走到了地毯上。

接着,雕像的左右两只手臂也从肩膀处裂开,整个掉到了地上,里头又伸出了两只黑色的手臂。

这两只黑色的手很快就忙活开来,把覆盖在身体上的石膏全部剥了下来。

于是,一个身穿黑衣的人出现了。他头戴黑色的头套,只在两个眼睛处留了孔。原来,阿多尼斯雕像里竟然藏了一个大活人!

— 屋顶之上 —

不用猜，这个男人就是四十面相。他趁着阿多尼斯石膏像送修的机会，假扮成早野商会的石膏商，把雕像运出来，自己藏在里面，再让四个部下把他运进了神山家。他的部下们扮作早野商会的店员，光明正大地把这尊阿多尼斯像搬进了陈列室里。

在二楼的陈列室里，只有一盏小灯亮着，看门的只有两个寄宿学生，他们只是守在门外的走廊上，而陈列室里一个人也没有。这都是明智侦探刻意安排的。

打破石膏爬出来的黑衣四十面相四下察看了一番，确定周围没人，便走向伦勃朗S夫人挂像，把它取了下来，拆开画框，把嵌在木画框里的画布小心翼翼地摘了下来，然后卷成一根棒子。毕竟连着画框一块儿搬走太碍手碍脚，还是拆下画布带走来得轻便。

紧接着，他把缠在腰间的一张包袱布扯了下来，包起卷好的画布，斜背在背上，再把包袱布的两头系在胸前。这么一来，逃跑的时候两手自由，方便行动。

四十面相做这一切没有发出一丁点儿声响。刚才弄破石膏像的时候也很小心，没弄出多大动静，再加上地上铺着厚厚的地毯，就算有点儿声音，外头也听不见。

所以，守在走廊上的两个书生丝毫没有察觉四十面相已经得手。他俩都以为四十面相会从外面进来。

四十面相轻手轻脚地打开了陈列室的玻璃窗，纵身跃到了窗棂上，顺着窗外的管道，像只猴子似的攀上了巨大的屋顶。

他爬上屋顶，到底是要干什么呢？神山先生的洋房伫立在宽广的庭院正中，要从这儿跳到隔壁宅子的屋顶上，想都别想。

包围在宅邸四周的警察们根本就没想到四十面相会逃到屋顶上，所以谁都没注意头顶。他们都以为四十面相会从外面闯进来。

只有一位警员察觉到一丝异样。他也没有朝屋顶上看，而是下意识地抬头看了一眼，余光瞥见了跳上屋顶的四十面相的双脚。

那双脚很快就从屋顶上消失了，只见灰色水泥墙的顶端挂下来两根黑色的柱状物。

这位警员根本没有想到那会是人的双腿。在一片黑暗中，也没看清楚，只是莫名地产生了一种奇怪的感觉。

于是这名警员仔细地看了看大屋顶的上方，可屋顶上比周围更黑，什么也看不清。不知是不是错觉，在屋顶的红瓦上，似乎有一个黑乎乎的影子正在缓慢地爬行。

就算是看走眼,还是应该向中村组长报告一下。于是这位警员找到了同在庭院中的中村组长,把这事和他说了。

中村组长的旁边站着明智侦探和小林少年,他俩已经回来了。明智听了警员的报告,竟然一副意料之中的样子,说道:

"嗯,果然如此。也许画作已经被他偷到手了。既然偷到了画,他就不可能下到有众多警员把守的庭院里来,也就只能爬上屋顶了。"

"啊?你说画已经被偷了?你是怎么知道的?四十面相到底是怎么潜进来的?你既然知道,怎么没有防住他呢?"

中村组长对着明智大声地斥责道。

"不,我并不是知道,只是按照他一贯的作风推测,他肯定是已经施展了魔法一样的伎俩,把画给偷到手了。"

"你说什么?这么说,你也没能防止他潜进来?"

"不,我的确是防了他的,只是这其中出了些状况。详细的情形我随后再和你解释。现在我们先去调查陈列室吧。如果油画被偷，那他一定就是逃到屋顶上去了。"

"嗯，我们马上过去吧。"

中村组长也认为调查陈列室是当务之急，赞成明智的建议，转身就朝陈列室的方向奔去。明智侦探和小林少年也跟在了他的身后。

一行人来到二楼的陈列室，解了锁打开门，中村组长"啊"地一声惊呼，僵在了原地。

只见那尊阿多尼斯的石膏像已经四分五裂，满地都是碎片。

"这是怎么回事？明明今天才修复好搬回来的，怎么又被破坏成这样了？难不成这深更半夜的还有人玩棒球？"

警长喃喃自语，实在是觉得不可思议。

"这次可不是被球给砸的，是有人从里面破坏了它。"

明智说出了一句令人费解的话。

"你说从里面？这话是什么意思？"

"四十面相刚才其实就藏在这个石膏像里。"

"什么？那家伙藏在这里面？喂，明智君，你早就知道这事？要是知道，你怎么可以就这么……"

"不不不，我怎么可能知道呢。我是到这里看到这些碎片的形态之后，才想到这一点的。确实也是我大意了。这确实像是他的作风。没想到这一点，的确是我的疏忽。"

明智的话听上去遗憾极了。

这时，中村组长又是"啊"的一声。

"果然被偷了！快看，伦勃朗画的画框被取下来了，里面已经空了！"

"嗯，果然如我所料。那家伙的确把画给偷走了。不过，中村君，你也不必担心，我一定会把它给找回来的。"

明智的话说得坚定，看上去信心十足。

"这么看来，那家伙只把伦勃朗画作的画布取下来带上屋顶,然后逃走了?"

"嗯,一定是这样。除了屋顶,他没有别处可逃了。"

"可是四面八方都被包围了,他就算爬上屋顶,也无处可逃啊。他到底打算怎么办呢?"

真是令人匪夷所思。

"他可是自称魔法师的人,肯定有他的办法。总之,我们必须监视屋顶的情况。一般的照明灯恐怕光线太暗,视野不佳,赶紧叫消防车来,这样就有探照灯和云梯了。这是最佳选择。"

"嗯,好主意。我现在就给消防署打电话。"

说罢,中村组长急急忙忙朝楼下跑去。

另一方面,庭院里的警察们把楼下房间里的电灯接上电线搬出来照向大屋顶,大家纷纷朝那儿张望。

"啊,有个黑色的身影在动,肯定是那家伙!"

"嗯,虽然是平趴在屋顶上的,但隐隐约约确实能看到个黑影。那肯定是四十面相,赶紧报告警长!"

说罢,一名警员便匆匆跑进了洋房。

— 水 攻 —

没多久,一辆红色的消防车赶来,径直从大门开进了庭院。中村组长指挥着打起探照灯,一束白色光柱照亮了洋房的屋顶。

果然,有一个浑身黑衣的男人,身体紧贴着屋顶,平趴在上头。被光线一照,分外清晰。

四十面相趴着转过脸朝这边看,双眼似乎被强光刺得睁不开。下一秒,他忽然开始逃窜。要是跳下来,他就死定了。

他顺着屋顶攀爬,一直爬到屋脊上,一翻身就跨到了屋顶的另外一边消失了踪影。

毕竟探照灯的光线没法透过屋脊照到另一面去。只得把车开到洋房后头,再打开探照灯追踪。

于是消防车司机发动了车子，准备绕到屋后去。见此情形，中村组长却指挥道：

"别，就待在这儿。要是绕到后面去了，那家伙又会逃到这边来，到时候还是得开回来。那家伙翻过屋顶只要几秒钟，可把车开来开去就费事多了。不如把云梯展开，只要能够到屋顶，我的部下就能爬上去抓住那家伙了。"

只听马达轰隆隆转了起来，云梯一点点伸长，一会儿就和屋顶差不多高了。

这下子，中村组长的两名部下立马脱了鞋和外套，轻装上阵，勇敢地顺着笔直的长梯往上爬。

整个警队只留下三个人看守屋后，其余人员都聚集到了消防车周围。主人神山先生也和寄宿学生们一起站在人群里。只有明智侦探和小林芳雄二人又不知去了哪里。

就在四十面相逃到屋顶上之前，他俩就曾一时消失，在这个节骨眼上，他俩居然又不见了踪影。到底是跑到哪儿去了呢？

两名警员已经爬到了长梯的三分之二处，离屋顶只剩下差不多两米的距离。

就在这时，四十面相的脑袋忽然从屋脊的另一端冒了出来，他这才发现警员们正朝他爬过来。

只要两名强壮的警员爬上屋顶，一切可就完了。他们身上都带着手铐和绳索，腰上还别着上满子弹的手枪。那四十面相无论有多大本事，怕是也插翅难逃了。

四十面相究竟打算怎么办？难道就这么束手就擒？

只见他越过屋脊，竟然爬到这边屋顶上来了。紧接着，他开始朝着屋檐一点点向下爬。他到底是想干什么呢？

"那家伙难不成是想跳下来？赶快准备救生装备！"

随着中村组长一声令下，消防员们迅速取出车上配备的圆形帆布救生垫，五个人合力将它展开，扯到屋檐下面，准备用它兜住跳下来的四十面相。

然而，四十面相似乎根本没有跳下来的意思。他爬到屋檐边上，竟伸出双手抓住云梯，拼命地摇晃了起来。

这下可好，眼看就要爬上屋顶的两名警员遭人突袭，一个失足，从梯子上滑了下来。

"啊！危险！"

眼看警员们就要摔下来，众人手里都捏了一把汗。好在他们只滑了三四段，就稳稳抓住了云梯一旁的大树，稳住了身子。一名随后爬上云梯的警员离他们还很远，也没和他们撞上。要是撞上了，说不定他俩就当场牺牲了。

两名警员倒也没就此屈服，再次攀爬云梯朝屋顶进发。可那四十面相瞅准了机会，又抓着长梯摇晃了起来。

这一次大家早有准备，警员们没有滑下来，可让他这么一摇，根本就没法爬上屋顶。

无奈之下，警员从腰间摸出了手枪。

"听着！你要是再反抗我就开枪了！你可就没

命了！"

那名警员高声喝道，并朝天"砰"地开了一枪。

"哇哈哈哈……"

不料，四十面相竟开口大笑了起来。

"哇哈哈哈……这样的威胁对我可不管用。我身上没有任何武器，你们根本不可能杀死一个没有携带武器的人。再怎么放空枪吓唬人，我也不怕！哇哈哈哈……看你们能把我怎么样！"

遇上这么一个厚颜无耻的家伙，大家一时间进退两难。四十面相十分清楚警员们不能朝他的身体射击。警员们只得放弃，将手枪插回腰间，再次试图爬上屋顶。可不管怎么爬，四十面相只要摇晃长梯，两人就只能紧紧抱住长梯勉强让自己不跌下去，根本就没法爬上屋顶逮捕犯人。

下面的中村组长等众人开始紧急商讨对策。

"我们不如用水攻？用水管朝他喷水，把他从屋顶上冲下来，再用救生垫接住他。"

中村组长想出一个主意，消防队长也很赞成。

"试试看吧。只要打开消防栓,接上水管就行了。从水管里喷出的水冲击力很强,肯定能把那家伙给冲下来。"

"嗯,也只有这个办法了。不过,能不能安全接住他呢?一旦有什么闪失,那家伙可就没命了。我们必须保住他的性命,这是一项艰巨的任务。"

中村组长歪头沉思,十分担忧。这种时候,要是明智侦探在,一定能拿出更好的点子。可明智和小林此时却偏偏不知所踪。

"好吧,试试看吧。不过千万要小心,不能真把他冲下来,只能尽量威慑他。要是被逼上绝路,任他再厉害也会举手投降的。到时候只要爬上屋顶把他绑起来就行了。"

中村组长终于下定决心,发出了命令。

很快,水管就被搬出来接上了消防栓。长长的水管盘在地面上,活像一条蜿蜒的巨蛇,很快就鼓胀了起来。两名消防员紧握着水管一端的喷头。很快,水流便撑起了整根水管,到达了喷头。一瞬间,随着巨大的水声,一根水柱喷了出来。喷出的高压水流就像一根白花花的柱子。喷水口缓缓移动着方向,一点点对准大屋顶的屋檐。水流好似倾盆大雨浇在四十面相的身上,吓得他只能紧紧趴在屋顶上。眼看着,那水柱越喷越急。

— 空中的怪声 —

怪盗被水柱冲得七荤八素,眼看着就要从屋顶上摔下来了。屋檐下,五个消防员撑着帆布救生垫严阵以待,随时准备接住怪盗。

哎呀,那场面简直可以说是千钧一发!只见怪盗拼了命似的,死死攀附在屋顶的瓦片上,看样子也坚持不了多久。相信用不了多久,他就会筋疲力尽,被水柱从屋顶上冲下来。

这位神通广大的怪盗四十面相先生,看来这次是难逃罗网了。可他毕竟是个会施"魔法"的家伙,谁知道他有没有给自己留一手呢?

这时候,不知从哪儿传来一阵"嗡嗡嗡"的奇怪声响。那不是消防车的马达声,也不是水管里喷出的水声。那与众不同的奇怪声响似乎是从漆黑的夜空中传来的。而且,那诡异的声音还越来越响亮。

嗡嗡嗡……

嗡嗡嗡嗡嗡嗡……

难道是飞机飞过来了?不对,和飞机的声音也不大一样。

"啊!有星星在飞!是流星吗?可它也飞得太慢了呀。喂,快看呐!有颗奇怪的星星飞过来了!"

一名警员指着天上,对身旁另一名警员说道。

"嗯,是在往这儿飞,可那不是星星啊。啊,那是直升机!刚才的嗡嗡声是螺旋桨的声音!"

正议论着,头顶的夜空中已经能清晰地看到一架直升机的轮廓了。

嗡嗡嗡,嗡嗡嗡,嗡嗡嗡……

螺旋桨巨大的噪声已经盖过了人们说话的声音,只觉得空中刮来了一阵阵诡异的狂风。

"哎呀!它悬停在屋顶的正上方了,那架直升机是来搭救四十面相的!"

正是如此。此时,直升机就悬停在洋房二楼的屋顶正上方。螺旋桨转得很慢,刚好让飞机稳稳地悬在空中。透明的驾驶舱舱门迅速地打开了。驾驶舱里的两个人从地面看显得特别小。其中一人从打开的舱门里放下一串长长的东西。

"哎呀!是绳梯!他们是打算用绳梯让四十面相爬到直升机里去!"

地面上的人们发出"哇"的一声惊叹,可是没人有办法阻止。

绳梯降在屋脊的另一面,四十面相立刻朝着绳梯的方向爬了过去。

水管里的水柱依然朝怪盗的脑袋喷射,却始终没能让他滑下来。四十面相稳稳地攀着屋顶的瓦片,一点一点地朝着屋脊移动。终于,他爬上了屋脊,翻到另一面去看不见了。

"糟了!他在向上爬!在向上爬!四十面相在顺着绳梯向上爬……"

地面的叫喊声中充满焦急和不甘。果然,那直升机就是四十面相一伙的,他们打算从空中把怪盗接走。

"喂!快拿水冲!把那家伙从绳梯上冲下来!"

中村组长急得大喊。可遗憾的是,水柱根本够不到绳梯。

很快,四十面相的黑影已经爬到直升机驾驶舱下方附近,只见他左手攀着绳梯,右手松开来,朝地面上的众人挥舞。

"哇哈哈哈哈哈……诸位,辛苦你们了!伦勃朗的名画,我已经收下了。后会有期吧!"

这一席话虽然没人听清,但他那不把人放在眼里的大笑声却清楚地传到了人们的耳朵里。那幅伦勃朗的名画,已经被四十面相从画框里取出,裹成筒状,用包袱布包着背在身后。

警察们都急得跺脚,所有人都很不甘心,可又对此束手无策。

就算是掏枪射击,子弹也打不了那么高啊!

"没办法，我们只能联络警视厅也派架直升机来追踪他们。"

中村组长气得咬牙切齿，叫来一名警员，打算命他电话联络警视厅。可就在这时，他忽然发现有点不对劲。

"等等，那架直升机看起来有点眼熟啊，那不是警视厅的直升机吗？咦，这到底是怎么一回事？"

他的确没有看错，因为飞机上有清晰的标志。警视厅的直升机跑来营救怪盗四十面相，这怎么可能呢？莫不是怪盗的部下偷走了警视厅的直升机，前来营救他们的首领？

中村组长莫名其妙，只能站在原地，呆呆地望着天空，傻眼了。

第二架直升机

怪盗四十面相已经爬到了绳梯顶上，两手抓住驾驶舱的门口，像翻单杠似的翻了进去。

"松下呢？"

听见怪盗发问，坐在驾驶席上的男人一边收起绳梯，一边回答：

"在这儿！"

"另一个人是谁？"

"新来的，俺的助手。"

这个名叫松下的男人声音沙哑，他把鸭舌帽压得很低，领口也竖起来，好像故意要遮住脸似的。

"是么？你还有个助手啊。个头这么矮，看着跟小孩似的。"

那个助手的确如他所说，个头很小，跟孩子差不多，看上去有些怪怪的。他也把自己的帽檐压得很低，身上的衣服宽宽大大，就跟一个小孩穿了大人的衣服似的。

四十面相的脸上掠过一丝诧异，但现在不是考虑这些的时候。他们必须赶紧逃离这个地方。

那个叫松下的部下坐回驾驶席，猛地让飞机升上高空，径直朝东面进发。

直升机内装有一个类似车内照明灯，但整个驾驶舱里还是很昏暗。电灯只照亮了操纵杆的周边，舱里的三个人都看不清彼此的脸。

"松下，你知道去哪儿吧？"四十面相提醒道。

"您要去哪儿呢？"松下低着头，声音依然沙哑。

"你还问我去哪儿？蠢货！还用说吗，去奇面城啊！"

"您说去奇面城？"

"嗯，去奇面城。你在发什么愣啊？奇怪。发生什么事了?"

"不,没事。我只是分神了。"

"什么?其他的事情?喂喂,给我清醒点!谁会一边开飞机一边想别的?我们可是飞在天上!掉下去可就没命了!"

"抱歉。"

松下哑着嗓子,口气很诚恳。

空中云层很厚,周围一片漆黑。但脚下的东京街道却是灯火辉煌,十分耀眼,就像洒满了大大小小的宝石。

"喂,松下,你今天是怎么回事?方向错了!你应该一直朝着刚才的方向才对,怎么往回飞了?"

本来一直向东飞行的直升机不知不觉掉转了方向,现在变成朝西飞了。

"头儿,您别说话,直升机的驾驶就放心交给俺吧。现在气流有点不顺,我们得稍微绕点路。"

他的声音实在哑得有些奇怪。

"我说,你那声音是怎么回事?伤风了?"

"是啊，染了点儿风寒，没什么大不了的。"

四十面相从刚才开始就起了疑心。他的帽檐压得很低，遮住了大半张脸，还老是低着头，实在奇怪。一个可怕的念头从四十面相的脑海中一闪而过——难不成，他是个冒牌货？

这时，他注意到就在他们右边的空域里，有一道光靠了过来，不是星光。

飞在空中的光，自然只能是飞机或者直升机了。可那不是飞机，怎么看都更像是一架和自己一样的直升机。

再一看，果然是直升机，正在朝这边靠近，已经能看见圆圆的透明驾驶舱了。就连驾驶员的身影，也能看出个大概了。

只见那架直升机越飞越近，五十米，三十米，最后只剩十米的距离了。

紧接着，它开始和自己乘坐的直升机并排，朝着同一个方向飞起来。

这时候，已经基本能看清驾驶员的脸了。

驾驶那架飞机的,不是松下吗?

四十面相吓了一跳,立刻转回目光,望了望身边这个松下的侧脸。不对,不对!这家伙根本不是他的部下松下。因为刚刚脱离了险境,所以四十面相丝毫没有怀疑他不是自己的部下。自己的一帮部下里会操纵直升机的,只有松下一人,所以就主观以为他就是松下了。

然而,这个人不是松下。在另一架直升机里的,才是松下。那么身边的这个家伙,又是什么人?

"喂!你不是松下吧!"

四十面相用力捅了捅驾驶员的侧腰,愤怒地压低声音问道。

— 驾驶员的真面目 —

假松下这才扬起自己的脸，正面瞪视着四十面相说道：

"要不是松下，你以为我是谁呢？"

"什么？！好啊，你居然……"

"等等，你可不能乱动。我要是手一打滑，我们可都得粉身碎骨了。而且，你有没有感觉到你背上有个硬邦邦的东西？那可是枪口。我的助手——那个小个子就在你身后，拿枪指着你呢。你要是敢轻举妄动，可是会一命呜呼的。"

"可恶！你到底是谁？究竟是敌还是友？肯定不是来帮我的吧？那你刚才把我从屋顶救上来，有什么企图？"

"我可不是救你，我是要抓住你，把你送到警视厅去。"

"这么说，你小子是警视厅的人？"

"也不是。喂，四十面相，你难道不记得我了？"

说着，驾驶员从口袋里掏出一块浸了油的手帕，在自己的脸上抹了几把，擦掉了妆容。

"啊！你居然是明智小五郎！"

"呵呵呵呵呵……你终于发现了。你身后用枪指着你的，是我的助手小林。只不过他穿着大人的衣服，扮成小个子。"

诸位读者，请你们回想一下。前几章里写过，就在四十面相爬上神山家屋顶的时候，守在宅子周围的警队里已然不见了明智侦探和小林芳雄。想起来了吗？那时候，他俩就是为了从警视厅借直升机飞回神山家，才悄悄离开了那里。

明智侦探不只会开车，还会操纵飞机和直升机。所谓的大侦探，必须是个多面手。打从青年时代起，明智就通过各种运动，练就了一副强健的体魄。就连驾驶飞机,也是驾轻就熟。

"喂,四十面相,你绞尽脑汁,好不容易才从牢里逃出来,没想到这么快就落网了吧?简直大失水准嘛。

"哈哈哈哈哈。我知道你有一架直升机,所以,当你逃到屋顶上的时候,我马上就想到了你的直升机。因为只有这个办法,你才能够从被重重包围的屋顶上逃走。

"你和部下们商量好,安排直升机算准时间到那儿接应你,然后你就能坐着自己的直升机逃走了。

"我一猜到你的伎俩,就带着小林君赶到了警视厅,乔装打扮一番后,开着这架直升机抢在你的直升机到达之前出现在屋顶上方。

"其实只要仔细看,就能发现两架直升机造型不同,但吃了水攻的苦头,正走投无路的你根本就没工夫仔细分辨,满以为来救你的就是你自己的直升机。就这样,你乖乖地中了我的圈套。

"旁边的那架就是你自己的直升机。坐在驾驶舱里的才是你的部下松下吧。他晚到了一步,发现首领被人劫走,这才追上来的。但他也不能攻击我们,因为你这个首领还坐在上面呢。

"那家伙想不出法子,只能追着我们跑,也不知道自己马上也要被抓了,哈哈哈哈哈……

"我们这就把你被捕的消息通知警视厅,让他们高兴高兴。你就在一边听着吧。"

说完,明智拿起操纵板上的无线电通话器,接通了警视厅的无线电室。

"这里是空中巡逻机二号。报告总部,已从神山家屋顶逮捕怪盗四十面相,现在正朝警视厅方向返航,预计十分钟后在日比谷公园广场着陆。请向着陆地点派几名警员接应。"

明智对着通话器,将刚才的话重复了两遍。对方随后清楚地回答了一句:

"警视厅明白。"

"四十面相,还有一件事要告诉你。你以为你已经偷到了伦勃朗的名画,那你可大错特错了。不信你解下背上的包袱,好好检查检查吧。"

听明智这么一说,四十面相大吃一惊,他缓缓地取下包袱,把里面的画布拿出来展开,只看了画一眼,不禁一声惊呼。

瞧啊,那幅画不知什么时候,竟已变成了一幅和伦勃朗名画天差地别的劣质风景画。

看着四十面相目瞪口呆的模样,明智侦探笑得很开心。

"哈哈哈哈……我说,四十面相君,这次你可是一败涂地啊。偷出来的画只是一件与真迹毫无关系的假货。以为自己得救了,结果却坐上了警视厅的巡逻机。最关键的是,巡逻机上还有你在这个世界上最惧怕的明智小五郎。哈哈哈哈……"

暗号之光

"哇哈哈哈……"

四十面相的笑声一点儿也不输给明智侦探。像他这样经历过风浪的大恶人,大概也不会被这点小小挫折击溃吧。

"啊哈哈哈哈哈……明智君,你真不愧是大侦探呐,的确是被你摆了一道啊。

"伦勃朗的名画究竟是什么时候变成了这么一幅无聊的风景画的,我确实是毫无头绪。我从画框上取下来的时候,的的确确是那幅名画啊。明智君,你能不能揭晓一下,你究竟是使了什么妙招。"

听他这么问,明智也笑了:

"你明明会施魔法,还不明白这么简单的手法?在你的身后拿枪指着你的人虽然穿着大人的外套,但他可是我的小助手小林。小林当时拿着卷成一卷的风景画,藏在神山先生的陈列室里,就在书架背后。当你打破石膏像从里头出来,把伦勃朗的画作从画框上拆下来卷成一卷放在地上的一瞬间,他从书架背后伸出手,把画掉包了。小林君的本事也不小哦。哈哈哈哈哈……"

"哦,原来如此。这确实是我最大的失策。看来你那少年助手也不能小瞧啊……话说回来,你接下来打算怎么处置我?"

"你不是已经知道了吗?就跟我和警视厅说的内容一样。在日比谷公园的广场上,一定已经有一群警察守在那儿了。我们准备在广场中间着陆,把你交给他们。"

就在他们你一言我一语之间,四十面相的左手一直在做一些奇怪的动作。

他偷偷从口袋里摸出一个小型的电筒,朝着驾驶席旁边的位置,趁明智侦探他们没注意,时开时关让电筒不停闪烁。

在不远处,四十面相的部下正驾驶着直升机,和明智侦探等人并肩飞行。莫不是四十面相正用手电筒朝边上那架直升机发射暗号?

"哇哈哈哈哈……想我四十面相也真是命运坎坷啊,又要被抓进牢里去了。不过明智君,我可是会施魔法的。既然你对我使了这么精彩的把戏,我自然也会使我的魔法。别看我现在是被你抓住了,其实才没那么简单呐。走着瞧吧,你很快就会知道了。"

四十面相喋喋不休,看似在逞强狡辩,其实可能是为了掩盖自己正用手电筒发信号。

很快,一直和他们并排飞行的那架直升机开始离开他们,最后掉头飞向了别处。

之后不久,他们的直升机接近了日比谷公园上空。广场上驾着高梯,装着探照灯,只见明晃晃的灯光下,十多名身着制服的警察站成了一圈。在他们身后是一群穿西服的人，应该是报社记者。里面还有不少人端着相机。守在警视厅周围的记者们听说四十面相落了网，纷纷跟在警察们的后面来到了现场。

明智驾驶的直升机此时已经到达了广场的正上方，开始稳稳地下降。等机身接近了地面，从里面已经能够清楚地看见广场上的情况了。

拥挤的人群中不只有报社记者，还有不少看热闹的人。明明已经过了深夜十二点，也不知道他们是从哪儿跑来的，而且人数还越聚越多。

警察们为了保证直升机顺利着陆，只得奋力地制止不断拥来的人潮，硬是围出了一片宽敞的平地。直升机一直没能顺利着陆，足足在天上悬停了五分钟。

终于，明智侦探让直升机缓缓降落了下来。着陆前，螺旋桨掀起的狂风扬起了大量的沙尘。周围的人纷纷捂住眼睛，四散开去，这才终于空出一块大点儿的空地，让明智能把直升机停下来。这时，刚才散开的看热闹的人群和报社记者们又一窝蜂地拥了过来。只一会儿，驾驶舱的外面就围满了黑压压的人。

— 小偷源光 —

直升机的驾驶舱门刚一打开,早已等候多时的警察们立刻围上来,一把抓住四十面相的手,把他拽了出来,准备给他铐上手铐。不料,原本毫不反抗的四十面相这时竟忽然发力,狠狠甩开警察的手,一个猛子就扎进了后面的人群里。

警员们一声惊呼,立刻飞身追了上去。

幸好,四十面相扎进的是记者堆里。

"好哇!看你往哪儿跑!警员!他在这儿,快把他抓起来!"

记者们纷纷呼喊着,把一身黑衣的四十面相推到了前面。

拿着手铐的警员立刻扑了过去,"咔嚓"一声铐住了他的双手。

这一回他再也跑不掉了。被十多个警察团团围住的四十面相只得老老实实地被押送到不远处的警视厅里。

不久,四十面相被带到警视厅的地下审讯室里,搜查一科的中村组长就坐在正对他的椅子上,一脸威严地望着他。

中村组长在四十面相这儿可是吃了不少的亏,两人简直就是死对头。他那凶神恶煞的眼神仿佛在说:"这回我看你往哪儿跑!"

明智侦探和小林芳雄就站在他的身旁,看着四十面相被两名警员押着,垂头丧气地站在他们面前。

"喂,四十面相,你的真名是远藤平吉吧?好不容易越了狱,竟然这么快就被抓回来了,看来你的本事退步了呀。"

中村组长的话里满是嘲讽。

"啊?四十面相?远藤平吉?"

眼前的黑衣怪盗一脸茫然,喃喃问道。

不对劲。小林君立马察觉到不对劲,戳了戳明智侦探的膝盖,悄声说道:

"那家伙的模样好像有点儿不对。他长得和直升机里的那个人不大像啊。"

中村组长刚刚才近距离看见他的脸,并没有察觉有什么异样。

"喂,远藤,给我好好回答!你就是自称四十面相的怪盗吗?"

警长大声叱问道,而眼前的男人却依然一副不明就里的样子:

"啊?怎么可能呢?那不是我啊。今天真是倒霉透了,在日比谷的树林里被三个男人抓住,硬是给换上这身衣服。然后他们非拉着我挤进广场上的人群里,接着又把我推到了警察面前。我根本就没闹明白这究竟是怎么一回事儿啊!"

黑衣男人似乎受了满腹的委屈,小声嘟囔着。

不对劲,这个人连说话的口气都和四十面相大不相同。

"别在那儿胡说八道混淆视听,我们可不吃你这一套。你敢说你不是四十面相吗?"

"哦,对了!请看这个!抓我的那三个人说,等到了审讯室,就给你们看这个。"

说着,男人从口袋里取出一张纸条,递到了中村组长的面前。

中村接过纸条,只见上面用铅笔写着:

警视厅的诸位:

这家伙是小偷源光。虽然让他当四十面相的替身好像有点儿掉价,不过好歹让你们抓住了一个小偷,将就将就吧。后会有期。

四十面相敬上

读到这儿,中村组长黑着一张脸瞪着面前的黑衣男人问道:

"你的名字叫源光?"

"对，我叫源光。"

男人理所当然地答道。

中村组长对身边的警员耳语了几句，那名警员立刻走出了房间。不一会儿，他带着一个身穿西服的人走了进来，是反扒科的一名刑警。

这名刑警刚一进屋，只看了黑衣男人一眼，便训斥道：

"啊，你小子是源光吧！又偷什么了？我说你到底要进来多少回才能长记性啊？"

说完，他又转向中村组长，笃定地说道：

"科长，这家伙就是源光，是个惯犯，都出名了。"

哎呀，这个四十面相果真是会施魔法。直升机上的确确实实就是四十面相本人，但他使出偷梁换柱之计，让眼前的这个小偷成了自己的替身。

明智侦探微微颔首，沉吟了片刻，很快就找到了魔法的源头。

"中村君，我知道怎么回事了。刚才四十面相从直升机上下来的时候，不是甩掉了警察的手，冲进那一群报社记者当中吗？后来记者们抓住他，把他推出来的时候，两个人就已经掉了包。

"也就是说，那群报社记者里其实有人是四十面相的部下假扮的。他们事先抓了这个叫源光的小偷，让他做四十面相的替身。他们两个样貌相仿，加上当时场面混乱，警员们也察觉不出异样，他毕竟穿着和四十面相一模一样的黑衣。他们让这个源光穿上黑衣，然后把两个人顺利掉了包。"

可是，四十面相的部下们是如何知道直升机会在日比谷公园着陆呢？这一点，明智侦探还没想明白。不过，诸位读者一定都猜到了吧？当时直升机还在空中，四十面相部下驾驶的那架和他们并排飞了一段。四十面相用手电筒光向那架直升机发送的信号，恐怕是一串摩斯密码。

四十面相的部下接收到他的信号，立刻就找了个地方降落，用电话向同伙们报了信，然后赶到日比谷附近，实施了这套伎俩。

明智又作了些补充：

"现场的人员混杂，四十面相想必是趁乱藏起来了。那些扮作记者的部下给他准备了外套或者披风，盖住了四十面相的黑衣，加上夜色已深，的确难以辨别。"

"啊，原来是这样！喂，快去把那些记者叫来，所有人！"

中村组长大声命令。一个警员立刻冲了出去，很快便有一大群报社记者来到了审讯室。

"在公园将这个男人抓住交给警方的人，在不在这里？"

组长问道。记者们你瞧瞧我，我瞧瞧你，只有一个人回答道：

"他们可不是我们报社的人。当时有六七个不认识的人混在我们中间，是那些家伙把他交出去的。"

"哦？看来是准备得相当周到啊。那么，你们有没有人注意到，真正的四十面相朝哪个方向逃跑了呢?"

听组长这么一问,记者们都吃了一惊:

"啊?这家伙不是四十面相?"

"对,抓捕失败,实在是惭愧。那些家伙让这个叫做源光的小偷穿上黑衣,披上外套,把他带到了现场。然后,就把两个人掉了包。"

中村组长一脸惭愧地解释了一遍。

原来如此,警视厅这一回可是大大的失策了。然而,明智侦探和小林芳雄却没怎么失望,因为他们还没有放弃。就如同四十面相最后留了一手,他们也一样留下了一步克敌制胜的绝招。

一口袋小子一

让我们回到不久之前，直升机在日比谷公园广场降落的那个时候。

就在直升机周围的报社记者和围观群众里，混进了三个小孩。他们的模样都和流浪儿差不多，浑身脏兮兮的。其中的一个个头特别小，就跟幼儿园的孩子一般高。他们三个都是别动队的孩子，接到小林芳雄的命令赶到这里。其中最小的那个被叫做口袋小子。

这三个少年分散在一群大人中间，像三只灵活的小松鼠一样窜来窜去，擦亮了眼睛监视周围的动静。小林团长吩咐他们监视四十面相，要是有什么可疑之处，就要立刻报告。

四十面相一旦中招被擒,就会被带到日比谷公园的广场上来,这一点小林君在乘上直升机之前就已经知道了。于是,他事先就联系了别动队,安排他们提前到场待命。反正这些个少年都是大闲人,要他们等多久都无所谓。

在这三个少年中间,身手最敏捷,脑子转得最快的,要数口袋小子。他的个头矮小,甚至可以从一个大人的胯下钻过去。

"嗯?是谁?刚才是谁从我胯下钻过去了?"

等别人惊觉四下察看的时候,口袋小子早已经溜进人群里没影了。

口袋小子就这么在人群里穿来穿去。忽然,他发现了一个奇怪的男人。

那男人头戴一顶鸭舌帽,帽檐压得很低,披着一件宽大的外套,被四五个报社记者模样的人团团围着。口袋小子从他的两腿之间穿过的时候,看见了一副奇怪的景象。

这个男人穿的不是普通长裤,而是一条黑色的紧身裤，就像马戏团里的杂技演员穿的那种裤子。

"这家伙可真奇怪。"

于是口袋小子紧紧跟在这个男人后头，小心翼翼地观察他。不久，四十面相从直升机下来，发生了后头的一系列事件——

身穿黑衣的四十面相甩开警察的手，一下子冲入了这边的人群里。紧接着便发生了一件令人不可思议的事情。

那四五个貌似报社记者的男人一把抓住冲进来的四十面相的手，把他拉到了那个神秘的宽外套男人旁边，然后迅速脱下那人身上的外套，披在四十面相的身上，还摘下他的鸭舌帽，也戴在四十面相的头上。

脱了外套摘了鸭舌帽的男人一身打扮和四十面相如出一辙，都是黑衣黑裤，就连样貌都有几分神似。

那些扮作报社记者的人一边奋力把这个男人往人群外头推，一边大声嚷道：

"就是他！就是他！就是这个人，刚刚跑到人群里想趁乱藏起来！"

随后，这个男人便被警察们逮住了。

长得像，还穿着一模一样的衣裳，警察根本没察觉他是替身，就给他铐上了手铐带走了。

四十面相被带走了，除了报社记者和一些好事之徒紧随其后追了上去，大部分人都纷纷离开了公园。附近一带一下子就冷清了下来。披着外套头戴鸭舌帽的四十面相迅速跑向公园的角落，穿过茂密的树林，消失不见了。

口袋小子心想这可不能跟丢了，于是偷偷地跟在了他的后面。口袋小子毕竟还是个小孩子，根本没人会对他起疑。再加上这小子最擅长跟踪，当时在场的人都没有察觉他的行动。

口袋小子本来很想告诉明智先生和小林团长这件事，无奈事出突然，根本没时间汇报。因为四十面相是朝着直升机的相反方向逃跑的，要是折回去汇报，那人就该跟丢了。要是有其他少年同伴在身边，也能让他们给报个信，可惜另外两个此时也不知道跑哪儿去了。

—不可思议的变装—

在四十面相藏身的树丛里，藏着一个四四方方的大箱子。那是他命部下给他带来的变装工具箱。

四十面相借着电筒的光打开了箱子，只见里头又是西服又是衬衣，塞满了各种各样的杂物。他把手伸进箱盖反面的口袋里，取出了一面小镜子和一个小盒子。盒子里装的是用来易容的颜料、假胡子，等等。随后他把箱子盖好，上面摆上镜子，拿手电筒照着自己的脸，开始给自己化装。

这片树丛生得茂密，手电筒的光也不用担心被外面的人发现。

现在已经过了深夜十二点。刚才聚集在广场上的那群好事之徒已经悉数退去，公园里空无一人。

假扮成报社记者的四十面相的部下们也不知去哪儿了，见不到人。

四十面相在脸上涂涂抹抹，显得不慌不忙，气定神闲。

可他为什么要在这公园里化装易容呢？他要是穿着现在的外套和黑色紧身裤出现在大街上，哪怕是半夜，也还是令人怀疑，但他完全可以让部下准备一辆车来接他逃跑啊。

然而他偏偏选择在这么不方便的地方变装，那肯定是有理由的。

四十面相以为根本没人发现他，所以很是放心。但他没想到，其实还有一个小个子少年正躲在树丛的另一端，透过树叶的间隙一直监视着他的一举一动。

这个少年，就是口袋小子，少年侦探团的兄弟组织——流氓别动队的一名成员。他的身材十分矮小，就好像能揣进口袋里一样，便得了个这样的昵称。他身手敏捷，脑瓜子也特别聪明。

话说口袋小子发现了四十面相和替身掉了包，暗中跟着真正的四十面相，来到这片繁茂的树丛旁边。这会儿正趴在树丛的外头，悄悄地监视着里头的一举一动。

　　他毕竟是透过层层叠叠的树丛偷看的，看得也不太清楚，但他还是能看见四十面相借着手电筒的光线在给自己的脸上抹颜料。

　　他是号称拥有四十张不同面孔的化装高手。他化装的速度极快，三下五除二就解决了脸上的妆容，完了又从箱子里取出一件黑色的衣服，穿在了黑衬衫外头，系上皮带，又往肩上挂了什么，戴上帽子，穿好鞋子。

　　化装结束后，他把之前穿的外套放进箱子里，盖好箱盖，然后提起箱子，走出了树丛。

　　口袋小子为了不被对方察觉，迅速藏到树丛的另一边草丛里。这时，他看到了一名警员。原来四十面相化装成了一名警员。

　　他那身装扮简直惟妙惟肖：身穿警服，头戴警帽，腰上勒一条皮带，挂着一个枪套，足以以假乱真。

口袋小子看了他的脸，大吃一惊。那张面孔和刚才的四十面相简直判若两人！几乎让人产生一种错觉，仿佛眼前的人根本不是四十面相假扮的，而是真正的警察。

四十面相是个拥有四十多张面孔的化装高手，这事口袋小子也听说过。但没想到他居然有那么大本事，真的和魔法一样！

扮成警察的四十面相抬头挺胸，大步流星地朝前走去。而口袋小子则小心翼翼地偷偷跟在他的身后。

只见这位乔装的警察一走出公园便径直往警视厅的方向去了。警视厅可是对四十面相来说最危险的地方，可他偏偏要往虎口里钻。

不一会儿，他便来到了警视厅的大门前。入口处宽敞的台阶上站着一位警员，前头还并排停着许多警车，虽已是深夜，但警员们依然频繁地进进出出。

　　四十面相假扮的警员来到台阶前头，也不知怎么想的，开始踩着台阶往上走。他是不是疯了？他这么往警视厅里闯，简直就是自投罗网嘛。

　　口袋小子望着他的背影，百思不得其解。一个小偷，居然扮成警察，公然往警视厅里闯。天下居然有这么荒唐的事？

　　只见这个假警察朝站在台阶上的警员们抬手行了个礼，堂而皇之地走进了玄关。而那个真警察却一点儿也不怀疑，同样抬手行了个礼。毕竟，警视厅每天都有上千名警员进进出出，肯定不是所有人都互相认识。穿着警服，鱼目混珠，容易得很。

　　这个假警察提着一个大箱子。用这样的箱子携带证物前来的警员也很常见，所以也没有引起其他警员的疑心。眼看那假警察的身影消失在了玄关里，口袋小子急急忙忙冲上台阶，冲着站岗的警员喊：

　　"警察叔叔，快抓住刚才那家伙！就是那个提着大箱子的！他是四十面相，我亲眼看见他乔装打扮的过程。快抓住那家伙……"

那位警员吃惊地望向他,可一看是个浑身脏兮兮的流浪儿,只是抬手挥了挥,让他一边玩儿去,根本不理他。

"警察叔叔,我是说真的!再不抓住他,他就要逃了。叔叔你不知道四十面相吗?就是那个可怕的大怪盗啊!"

口袋小子上前拽住警员的手,拼命地解释。

"喂!给我一边儿去!这可不是小鬼乱闯的地方。一个小混混居然戏弄起警察来了,真是无法无天。"

那警员把拽在他身上的小手狠狠地一甩,力道大得让口袋小子一骨碌从台阶上滚了下去。

"哎呀!好疼!叔叔你干什么呀!"口袋小子好不容易从地上爬起来,揉着屁股抱怨道,"别看我是个小孩就不信我的话啊!我是说真的,没骗你啊!那家伙真的是四十面相!快!再不快去抓,他就跑了!"

"真是烦人的家伙,走开!"警员别过头,干脆当他不存在。

"啊——对了！明智先生在这儿吧？大侦探明智小五郎先生。我是先生的徒弟，是别动队的队员。麻烦您和明智先生说一声，这样您就知道我是不是说谎了。"

这时候，一个身着警长制服的警员从玄关里出来，听见口袋小子的叫喊声，便走过来问道："怎么回事？"

口袋小子心想总算来了个明白人，便把刚才的一番话又说了一遍。

"明智先生应该就在审讯室里，还是去通报一声吧。如果这孩子说的是真的，那可就出大事了。你赶紧去审讯室里找找，中村组长应该和他在一起。"

一听上级下了命令，警员只好跑上台阶，走进了玄关。

过了一会儿，那名警员带着小林芳雄回来了。小林刚才也一直和明智侦探待在审讯室。

"啊！小林哥！"

"啊！口袋小子！"

两人刚一照面，就不约而同地叫了出来。

"他是协助侦探办案的别动队的孩子。他很聪明，说的话一定不会有假的。"

小林君是明智侦探的助手，警视厅里不少人都认识他。既然小林君都这么说，就不能不当回事儿了。这时候，明智侦探和中村组长也赶了过来，从口袋小子口中听说了事情的来龙去脉，立刻就在警视厅里展开了一场大搜查。警视厅里总共有好几百个房间，加上夜里留守在厅里的警察人数众多，查起来可不容易。

终于，所有的房间都搜查完毕，可没查出一个可疑的警员。

说不定，他已经从后门逃走了。可如果真是这样，他一开始就逃走不就好了，何必还专程跑到警视厅里来呢？

这四十面相扮作假警员，到底是来警视厅干什么呢？事情真是越来越扑朔迷离了。

― 警 视 总 监 ―

因为今晚预定要抓捕四十面相并用直升机运送回来,搜查一课的课长堀口也一直驻守在课长办公室里。厅内的搜索结束后不久,一名警员走进了课长办公室,举手行过礼后说道:

"课长,警视总监请您过去。"

"啊?总监?他到总监办公室了吗?"

"他听说了四十面相的情况,便从官舍赶过来了。"

"是吗?那我马上过去。"

"课长,总监还说要中村组长也一块儿过去,我这就去请他。"

"嗯,你去吧。我先过去了。"

搜查一课的堀口课长刚进警视总监的办公室不

久，中村组长也过来了。

总监办公室相当气派。屋子中央放了一张宽大的书桌，书桌的后面稳稳坐着西装打扮的山本警视总监。现在是深夜，所以他并没有把秘书官带在身边。

"诸位同仁辛苦了。我听说了四十面相的事件，有些担心，就过来看看。详细经过我还不太清楚，发生了什么事？"

见总监询问，堀口课长便把今晚发生的事情简明扼要地汇报了一遍。

"嗯，这么说来，你们又让他占了先机？在明智君用直升机把他运到这儿来之前，你们的表现都很不错，但那之后就有点不像话了。就算对方是个乔装打扮的好手，可你们不但错抓了一个替身，还让对方假扮成警察混进警视厅，这实在是让警视厅威信扫地。你们这样可不行啊，这到底是谁的责任？"

"是我的责任。是我的部下行事不慎。"
堀口课长十分自责。

"不,责任应该由我来负。因为这起案件本来就是我负责的。"

中村组长也铁青着一张脸,忙不迭地反省,显得十分失意。

"面对区区一个四十面相,警视厅居然束手无策,这可是辜负了国民的信任。接下来你们可要好好表现啊。不过这个四十面相也真是个可怕的怪物,竟然把我们警方耍得团团转。

"对了,刚才我想到了一个解决这起案件的方案。其实,我到这里来,就是为了将这个方案告诉你们。拿去吧,我想到的方案就写在里面,你们一会儿再看吧。"

山本总监说罢,从口袋里拿出一个信封,隔着书桌递给堀口课长。信封里面装着一张纸,上面写着总监的解决方案。

"今晚,你们好好研究。有什么意见或想法,明早再向我汇报吧。那么,我就先回去了。"

只见总监从椅子上站了起来,缓缓朝门口走

去。堀口课长和中村组长跟在身后送行。

几人来到走廊，还没走几步，见有人急急忙忙朝这边跑了过来，原来是明智小五郎和小林芳雄。

明智来到警视总监面前站定，果断拦住了他的去路。

"啊，明智君！"总监吃惊地站住。

"总监，我有些事想向您请教。"

"哦？向我？"

"是的。由于事出突然，有些事必须现在向您请教。"

"复杂的话，可以回房间再说……"

"不用，就在这里请教吧。总监，有一件事非常奇怪，警视总监竟然出现了两个。"

"嗯？你说什么？我怎么有点儿听不明白……"

"我也弄不明白。其实，我刚刚致电总监的官舍，对方竟说，山本总监正在官舍的卧室里睡得正香。请问，这到底是怎么一回事？"

"这、这怎么可能呢……"

"当然，我觉得这样的说辞不足为信，于是让人叫醒了总监，让他接听了电话。所以，我刚刚和总监通过电话。"

"你、你胡说！你可不要在这儿扰乱视听！"眼前的山本总监脸涨得通红，大声呵斥道。

"我可没有扰乱视听。您应该化过装吧？"

"我哪有化过什么装？"

"我是说，两个总监，其中必定有一个是假冒的。"

"假冒？"

"没错，您就是那个假冒的。我刚才一直在想，四十面相为什么要扮成警察进到警视厅里来呢？就在这时，您刚好在这深更半夜里忽然出现在总监室里，还叫来了堀口课长和中村组长。我觉得这实在太奇怪了。四十面相这个人总喜欢搞些出人意料的把戏，让大家震惊。这都是为了向世人炫耀他所谓的力量和才华。要偷东西喜欢事先发出预告，说自己要于何时前来偷盗，让人们做好充足的防备后再动手。这也是哗众取宠的心理。再说,警视厅对四十面相来说又是宿敌,要是能让这个对手也大跌眼镜,该是何等的愉快!四十面相的如意算盘肯定是这么打的。

"四十面相光是扮成警察,就足以令世人震惊了。这要是扮成了警视总监又会如何呢?一个大盗竟然扮成警视总监,这想法真是太新奇有趣了。"

明智说到这儿,定定地盯着对手的脸。

"那么,你是想说,我就是四十面相咯?"

"是的,你就是四十面相!就在最近,警视总监的一套西服失窃了。是你让部下去偷的,再让他们把这套西服和警员服一道塞进那个大包里。你先扮成警员到这儿来,然后找个空房间,换上这套西服,扮成总监,走进总监办公室。"

哦,这可真是了不得!他竟可以装扮成众人所熟知的警视总监,这可只有人称有四十张面孔的变装达人才能做到啊!

被明智揭穿的四十面相,又打算出什么招呢?

—消失的警队—

这化装成总监的四十面相是不是该惊慌失措，逃之夭夭了？不，他就算是想逃，恐怕也逃不掉了，毕竟这里可是警视厅。只见他嚣张地笑道："真不愧是大侦探，竟让你给识破了。不过，就算我是四十面相，你又能把我怎样？"那架势，看不出丝毫的慌乱。

"把你怎样？当然是把你抓起来。举起手来！"

明智话音刚落，他一旁的中村组长迅速抽出手枪对准了四十面相。组长虽然穿着西服，但为防万一，还是藏了一把手枪在口袋里。

而搜查一课课长则跑进刚刚离开的总监办公室，他给部下打了一通电话，命令他们组织一支警队前来逮捕四十面相。四十面相这下子只能举起双手，站着不动，就算他再有本事，被人拿枪指着，也只有乖乖听话的份儿。这时，从走廊的另一端，有一群身穿制服的警察气势汹汹地赶了过来，大约十个人。很快，他们便把四十面相包围起来，将他按倒在地。见四十面相已经被警察包围，中村组长也就没法开枪了。这种情况下开枪很容易伤到自己人。

然而这正是大大的疏忽。四十面相瞅准这个机会，忽然从口袋里掏出了自己的枪，朝着天花板就是一枪。

只听哗啦啦一阵巨响，子弹打中天花板上的电灯，一堆碎玻璃从天而降，电灯也熄灭了。好在走廊上还有其他照明，周围也并没有陷入黑暗。

这一枪引发了一场恶斗。因为对方开了枪，警员们也纷纷掏出枪来。

砰！砰！砰！四周枪声不断，也不知哪一发是四十面相打的，哪一发是警员打的。然而每开一枪,便有一盏走廊的电灯熄灭,不久,四周就一片漆黑了。

"唔!可逮住你了!喂!快来帮把手,拿手铐来!快!"

"怎么,你还敢跑!?"

只听几声拳头的闷响之后,又是两三个人躺倒在走廊上互相厮打的声音。

"啊!他跑了!快追!"

"可恶,别想逃!我抓住他了!在这儿!在这儿!"

警员们和四十面相缠斗着,逐渐朝着走廊的一头越跑越远。搜查一课课长和中村组长听着声音追了上去,但走廊上的电灯全都灭了,他们也搞不清目前的状况到底如何。终于,众人跑到了走廊拐角处,但另一条走廊上,仍然是漆黑一片。于是大家停下脚步,竖起耳朵,然而让人不可思议的是,周围居然寂静无声。刚才那帮大喊大叫的警察不知哪儿去了,周围居然连人的喘气声都没有。

这时，拿着手电筒的小林才赶了过来。众人借着光往刚才的走廊上一看，竟然一个人影也没有了！

那十来个人的警队，竟和四十面相一起如幻影般消失了。

走廊拐角处连接的另一条走廊是一条死胡同，没有别的地方可以去了。众人推测他们兴许是进了哪个房间，于是一间一间地打开，点亮手电筒仔细查看，可每一个房间都是空的。

"啊！糟糕！"

黑暗中，忽然传来明智侦探的一声惊呼，刹那间，看似明智侦探的人影朝着走廊一头飞跑。发生什么事了？搜查一课课长和中村组长还没反应过来，却还是追着明智的背影，朝走廊的一头走去。

现在众人又来到走廊另一头的拐角处，这附近有灯光，所以看得十分清楚。

只见明智侦探正朝众人走来。

"明智君，怎么了？"

中村组长问道。但大侦探却用十分失望的语气答道：

"又被他给跑了。没想到，那家伙准备得这么周到。"

"啊？这么说，刚才的那些警察是？"

"没错，他们全是四十面相的部下。也许是那几个扮作报社记者的人穿上警服假扮的，也可能有其他的部下，此前藏在什么地方了。一旦假总监被抓，就赶到现场救援，假装抓住四十面相，实际上却救走了他。走廊的电灯之所以被全部灭掉，也不是因为流弹，而是他们为了制造黑暗而刻意瞄准的。"

这条走廊一角有一条岔道通向警视厅的后门。四十面相一行人肯定是从后门逃进黑夜里了。

"我马上通知后门的警员让他们去追。不过我想他们出门以后肯定兵分几路，恐怕现在追也追不上了。再说，那四十面相又是个易容的高手，要不了多久就能乔装成别人。"

唉，怎么会这样呢？不仅大盗本人假扮警视总监，就连他的部下们也假扮成警察，还把假总监给救了，这简直太超乎想象了。就连我们的明智侦探都没能考虑到这一步。

在场的四人面面相觑。这时身后传来阵阵脚步声，八九个警察赶到了现场。他们才是接到课长的电话后赶到总监办公室前的警员。等他们赶到，冒牌警队早已经拐过走廊的尽头。

电灯全都灭了，警员们一时摸不清状况，迷乱了一阵，浪费了些时间，搞到现在才终于登场。中村组长自己同样失了手，因此没法责骂部下，只得下令立刻追查冒牌总监的行踪。

―箱子里头―

让我们回到不久以前。

在明智侦探致电总监官舍,确认出现在警视厅的总监是个冒牌货之前,小林芳雄和口袋小子都跟他在一起。在目送了明智和小林急急忙忙赶往总监室之后,口袋小子一个人朝着另一个方向去了。因为他心想:

"四十面相如果真的假扮成警视总监,那他变装用的衣服肯定装在那个箱子里了。那家伙肯定是躲在哪个空房间里,从箱子里取出总监的衣服换上,再化装成总监的模样,走进总监办公室的。

"要是这样,那箱子肯定是放在什么地方了。虽然也可能被他随手扔了,但万一他需要把箱子带回自己家呢？

"只要把箱子里的东西全拿出来，我这么小的个子，肯定能藏进去。这么一来，我不是就能摸进四十面相的老巢了吗？

"好，那就试试看吧！要是被发现了，到时候再想办法就晚了，但他总不至于穷凶极恶到把我杀了吧？"

聪明的口袋小子想到这儿，便动身开始在一间间空屋子里寻觅了起来。

找啊找啊，他终于在第十几间屋子里发现了那个箱子。

"等等，我要是就这么钻进去再把箱子扣上，岂不是要憋死了？看来还得在箱子皮上多戳几个小洞透气才行。"

于是，口袋小子从别的房间里找来一个打孔器，回到放箱子的房间，关紧房门，开始干起活来。首先，他把箱子里的东西全部倒出来，藏进房间的柜子里。然后，在箱子上不起眼的地方，用打孔器戳了五十来个小孔。

这些工作只用十来分钟也就完成了，随后，他迅速缩起身子躺进箱子里，再把它扣上。这下，箱盖上的金属扣咔嚓一声扣住，从里头也就打不开了。

口袋小子是从一个流浪少年变成别动队队员的，吃苦吃惯了。不过是蜷着身子一动不动地待着而已，对他来说根本不算什么。因为在箱子皮上开了孔，呼吸还算顺畅。而且，透过这些小孔，还能听见外面的动静，非常方便。

没过多久，他便听见门被轻轻地打开了，有人蹑手蹑脚地进了房间。接着，只听那窸窸窣窣的脚步声离得越来越近。忽然，口袋小子觉得自己的身子被翻了个个儿，有人把箱子提起来了。

"这箱子可真够沉的！"

口袋小子听见来者的自言自语。他生怕自己被发现，心脏怦怦直跳。这个人似乎是四十面相的部下，并不清楚箱子里装了些什么，也没起疑心，只顾哼哧哼哧地提着箱子离开了。

没过多久,口袋小子觉得自己被提到了室外。一阵阵凉风钻进他打出来的五十来个小孔。

就这样,他感觉自己移动了五分钟。

"喂,箱子我拿来了。你可别随便打开!"

只听谁悄声交代了一句,随后便是门被打开的声音,整个箱子一下子腾空了,又重重地落了下去。

"哦,我知道了,一定是在汽车里。哼哼,看来进展顺利。这辆车肯定是开往四十面相老巢的。"

口袋小子几乎忘记了浑身蜷曲的酸疼,不由得咧嘴笑了起来。

本以为立刻就会出发,但事实并非如此。汽车没有一点要移动的迹象,就这样静静地停了差不多三十分钟。这三十分钟,口袋小子感觉就像过了两三个小时。

他有所不知,在这段时间里,一队冒牌警察包围了假扮成总监的四十面相,演出了一场闹剧,顺利从警视厅的后门逃走了。

终于,车门再次发出声响,好像有两个人坐进了车里。

"出发!全速前进!"

一个硬朗的声音传来。

"头儿,看来事情进展顺利啊。我们现在去哪儿?"

"去奇面城。"

汽车突然发动了。那之后没人说一句话。

看来目的地是一个叫奇面城的地方。口袋小子并不知道这意味着什么,他根本就没听说过奇面城这个怪名字。

这辆车似乎挺高级的,引擎声非常小。但是不管多高级的车,遇上路况颠簸,还是会时不时猛烈地摇晃几下。跑了三十来分钟,整辆车突然剧烈摇晃了起来,似乎是跑上了没有铺柏油的乡间道路。

"开了这么远,是要去哪儿呢?"

口袋小子心里暗暗吃惊,浑身上下也越发感到酸疼。要是再不出箱子，就要撑不住了。

汽车飞奔了差不多一个小时，终于停了下来。本以为这下子总算解脱了，没想到箱子虽然暂时被卸下了车，却又被搬上了另外的交通工具。

"咦？这次好像是辆货运火车。要是在火车上待十小时，那可怎么得了。别说浑身都痛，饿也饿死了。那可怎么办啊。"

口袋小子暗暗叫苦，深深叹了口气。

就在这时，他隐约听见一阵"轰隆隆、轰隆隆、轰隆隆隆隆隆……"的声音，感觉自己的身体腾空了，似乎是被搬进电梯里了。

"啊，我知道了！这是直升机！听说四十面相有架直升机，肯定就是它了！他们坐着直升机，又是要去哪儿呢？"

想到这儿，口袋小子开始有点儿心虚了。

"先生，目的地是奇面城对吗？"

"嗯，这次让警视厅和明智那家伙吃了个大亏，所以我打算休息一个礼拜。奇面城可是个好地方。"

"奇面城这个秘密据点现在还没被人发现吧?"

"嗯,不可能被发现的。不过,我打算把奇面城的信息稍微向外散布一下。这个名字听起来挺吓人的,肯定会让他们害怕的。一个只知道名字却不知在哪儿的神秘之地。嘿嘿嘿嘿……"

听这语气,是四十面相正和他的部下们对话。

口袋小子识字不多,光听发音"qí miàn chéng"也不知道是什么意思。口袋小子虽然没想明白这些,但听了刚才的对话,知道这似乎是一个吓人的地方,心里也开始打起鼓来。要是真被带到奇面城去了,还不知会遇上什么可怕的事呢。想到这儿,勇敢的口袋小子也开始觉得脊背发凉了。

直升机飞了大约一个小时,终于着陆了。

响起开门的声音,有人下了飞机,接着箱子被提了起来,搬去下一个地方。

这个地方似乎十分偏僻。空气很凉,即使躲在箱子里,还是冷得浑身发抖。接下来感觉一路上一直在转圈,过了很长时间,箱子才总算被放了下来。

这里不像是普通的建筑，可周围的空气并不流通，所以应该也不是原野。总之，这个地方让人感觉很不舒服。

心想指不定什么时候箱子就要被打开了，口袋小子一直非常紧张。但搬箱子的男部下却只是放下箱子不知去哪儿了，不久周围便陷入了死一般的沉寂。

又忍耐了一会儿，见始终没有人靠近，口袋小子从口袋里摸出一把小刀，割破了箱子皮，从里面伸出手来解开了锁扣，悄悄地爬了出来。

周围一片漆黑，就像到了地狱一样。而且没有一点声响，还异常寒冷。这儿到底是哪里呢？

四十面相的美术馆

口袋小子兜里一直都揣着一支袖珍手电筒,把它掏出来照亮了周围。

这里像是储藏间,四面都是水泥墙。木箱、坏掉的桌椅之类的杂物堆得到处都是。其中一面墙上有一扇门,口袋小子把耳朵贴在门上听了听,什么声音也没有。一转把手,门居然轻轻地打开了。

口袋小子从门缝里伸出脑袋瞧了瞧,眼前出现了一条走廊。天花板上装了几盏小灯,微弱的光线将四周环境照出个大概。墙壁上除着水泥没有任何装饰,整条走廊看上去就像是隧道。

口袋小子顺着走廊一直往右走。毕竟是小巧得能装进口袋的小个子,像这样靠着墙壁蹑手蹑脚地前进，很难发现他的存在。就算有人来，他只要整个人往墙壁上一贴，就不用担心被人发现。他拐过一个弯，再走个十五米，前面就没路了——一大块岩石像拦路虎似的横亘在走廊正中，挡住了前方的去路。

留神一听，能远远听见轰隆隆的流水声。

岩石的两侧留出了二十厘米左右的缝隙，透过缝隙能看到岩石后头不远处似乎是个深不见底的洞穴。刚才的声音，就是从这洞底传出来的，还能感觉到有阵阵冷风迎面吹来。

"哦，我知道了！这下面有河流！"

就在这不知有多深的谷底有一条河流。所以那不是个洞穴，而是和走廊刚好十字交叉的一个山谷。

有一个深深的山谷截断了走廊，而那下面还流淌着一条河。

"这儿到底是什么地方呢？走廊中间竟然横着这么深的山谷。这房子也太奇怪了吧。"

口袋小子开始害怕了，小小的身子止不住地发抖，掉头就往回跑。

他经过原来那间储物间，再往后走了一段，在走廊处又拐了一个弯，前面出现了一扇巨大的门。门里似乎灯火通明，因为从锁眼里有光透过来。口袋小子竖起耳朵，听见房间里有人在说话。于是，口袋小子将一只眼睛靠近锁眼，窥视里面的情形。

那是一个让人大吃一惊的豪华房间，一排排陈列柜铺着闪闪发亮的玻璃面板，里面摆放的都是黄金佛像、花纹精美的大水壶、各式各样的雕刻、镶满宝石的王冠和项链，等等，件件精美绝伦，令人目不暇接。

装点了上百个水晶球的水晶灯饰从高高的天花板上垂下，明亮的灯光映照着一件件华美的艺术品。在水晶灯饰的正下方，放着一张刻有精美花纹的桌子，周围摆放着四把金色的椅子，两个男人坐在桌旁，其中一个是化装成警视总监的四十面相。而另一个，则是身穿制服扮作警员的部下。搬运口袋小子藏身箱子的，肯定就是这家伙。

"我的这间美术馆，真是不管什么时候看，都令人身心舒畅……就连东京博物馆，恐怕都比不上这里吧。哈哈哈哈哈……世上的人肯定做梦都想不到，我四十面相的美术馆竟然藏在这深山之中吧！就连那明智侦探和警视厅的家伙们，也对我这奇面城毫不知情。我虽然曾被明智抓住过不少次，但只有这儿，从来没让他知道过。毕竟我的藏身之所到处都是，只要让他随便发现一处就好。只有这个美术馆所在的奇面城，我是绝不会让他知道的。"

四十面相得意扬扬，那位警员打扮的部下连忙讨好道：

"那是当然了。有谁能想到，在这像大海一样宽广的森林中央，一块和人脸一模一样的大岩石下头，会有这么一间美术馆呢？头儿，您选的地方，可真是绝了！再加上有那个可怕的看守在，就算有人靠近这奇面城，一看到那家伙，恐怕也得吓得仓皇而逃。它对我们倒是温顺得像猫一样，哈哈哈哈……"

听到这儿,口袋小子真的害怕了:"这么说来,这儿是在丛林深处,而且还有一块像人脸一样的大岩石……我现在就在那块岩石里面?可那个可怕的看守又是什么呢?既然说它对自己人就像猫一样温顺,那它会是个什么东西呢?恐怕不是人类吧?"

两个人又聊了一会儿。见他们似乎是准备回屋休息了,口袋小子吓得赶紧离开门边,回到原来那个储藏间里。他找来一块长木板,从里头抵住门,这样一来,只要有人开门,木板一倒,那声音就能惊醒自己。接着,他又找来三把破椅子拼在一起,往上面一躺,没多久,勇敢无畏的口袋小子就沉沉地进入了梦乡。

— 巨人的脸 —

　　口袋小子忽然从梦中惊醒,房间里依旧一片漆黑。不对劲呀,他已经饱饱地睡了一觉,按理说天早该亮了。口袋小子满腹狐疑地打量了周围半晌,终于反应了过来:

　　"啊!对了!这个房间没有窗户嘛!"

　　他望望门口,昨晚放的木板没有移动过的迹象,证明没有任何人来过。

　　话说回来,他现在饿坏了,心里盘算这儿总该有个厨房什么的,于是溜出房间,去找点儿东西吃。

　　走廊还和昨晚一样,只有昏暗的灯光,看不到一丝阳光。看样子这奇面城是岩石里凿出来的,这里应该是一个岩洞。经过昨晚发现的美术馆门前，再前进一段，传来一股香浓的味道。

"哈哈！这是烤肉的香味！肯定这里边就是厨房了！"

口袋小子拼命嗅着香味朝里走，来到一扇打开的门前，里头还冒着薄薄的雾气。

厨房应该就是这儿了。口袋小子悄悄凑上去瞄了一眼，果然不错。一个头戴白色厨师帽的大厨正忙着烤制牛排。烤肉的嗞嗞声加上油脂香浓的味道，让饥肠辘辘的口袋小子瞬间垂涎三尺。于是，他迅速躲进门后，耐心地等着大厨从这儿出去。过了二十来分钟，牛排烤好了，大厨快步朝门边走了过来，大概是要去洗手间。

口袋小子吓了一跳，又往阴影深处挪了挪身子。他那被称作口袋小子的小身板在这种时候尤其方便。他只要把身子紧贴着门后的墙壁，根本不会被人察觉。

等大厨一出去，口袋小子迅速溜进厨房，顺手摸了一张餐巾，包了一块刚烤好的牛排、几块土豆和一块面包，又像只伶俐的小松鼠似的，一溜烟地逃跑了。

正当他急急忙忙打算跑回走廊上的储物间时，忽然发现前方闪过一个人影。不像是那个大厨，是个身穿暗红色毛衣的大个子男人，大概是四十面相的部下。于是口袋小子立刻溜回厨房，又藏进了门背后的阴影里。

那个大个子浑然不觉地走进厨房，叫了那大厨两声，不一会儿，见大厨回来了，便对他说：

"喂，赶紧上早餐！现在都九点了，一会儿头儿出去散步的时间该晚了。你不知道头儿习惯在用过早餐后去山林里散步吗？"

"别那么大声嚷嚷，都做好啦！你去和头儿说一声，我马上就给他端过去。"

"好，你快点儿啊。"

随后，大个子离开了。一会儿，大厨把做好的菜肴装在一只大托盘里，端走了。

口袋小子在门后一直躲到大厨回来。人家前脚刚迈进厨房，他后脚就偷溜了出去，又回到了储物间里。他一进屋就把餐巾铺开，抓起还冒着热气的牛排就开始大嚼特嚼，面包大口大口地往嘴里塞。太好吃了！口袋小子觉得自己自打出生起就没吃过这么好吃的东西。

填饱了肚子，他又回到走廊上，从锁眼里挨个偷看两边的房间。昨天的美术馆现在空无一人，四十面相和他的五六个部下正聚在一起吃饭。其他的房间一片漆黑，什么也看不见。

有一个房间看上去像是发电所，巨大的炉子里烧着煤，发电机一刻不停地运作着。

"哦，原来如此。深山里不可能拉电线，这儿的电应该都是自己发的。刚才用来烤牛排的好像也是电炉。哇！太厉害了！四十面相那家伙，居然能自己发电呐！"

看着屋里的大型设备，口袋小子目瞪口呆。

他四处转悠，终于找到了四十面相的房间。从锁眼里看，这个房间的布置极尽奢华。椅子、桌子、墙壁和窗帘都是金光闪闪的。虽然不知道是不是镀了真金，但看上去就像佛堂里一样金碧辉煌。

四十面相身穿纯黑的天鹅绒衫，肩上和胸前的金色花纹都隐隐泛着金光，看上去简直就像一国的将军。四十面相此时刚吃过牛排，桌上还放着好几个玻璃杯，以及各种各样的洋酒瓶。在四十面相的旁边，站着一个美丽的女人，她穿着雪白蓬松的洋装，脖子上的珍珠项链闪闪发光。

"那您现在就出发吗？"女人柔声问道。

"嗯，早上的散步可不能少。在森林里走走能让人身心舒畅，今天你也和我一起吧。"

说着，四十面相便站起身来。

听完他们的对话，口袋小子立刻远离了门口，缩到暗处，背紧贴着墙，偷偷观察着门那边。只见门开了，四十面相和那个女人来到了走廊上，随后门又关上了。两个人颇为亲密地朝另一边走去。

很幸运，他们并没有发现口袋小子。

口袋小子沿着墙壁,一直跟在他俩身后。只见他们背着厨房越走越远。

"奇怪,朝这个方向走,不是会被那块大岩石挡住去路吗?"口袋小子觉得不可思议。

等走到那块大岩石前面,四十面相伸出手,将右边墙壁上一块微微凸起的地方用力按了下去。那块巨大的岩石发出轰隆隆的声音,居然朝一边倒了下去。

从这边看,大岩石的顶上有两根结实的铁链,大概是有个电动的机关,铁链不断伸长,岩石便向一边倒去。这跟过去的吊桥原理差不多。岩石横倒下来,刚好横在巨大的山谷之上。

四十面相和女人踩着这块岩石到了对面。看上去,对面似乎是没有砌过水泥的岩洞。透过岩洞的入口能看到不远处耀眼的阳光,看来岩洞外头正是艳阳高照。

待二人出了岩洞,口袋小子又等了好一会儿才过了岩桥,一口气跑到岩洞口,偷偷朝外观察。看上去那两人已经走远了，附近一个人影也没有。岩洞外头是一片岩土平地，周围则是望不见尽头的森林。

口袋小子从岩洞里溜出来，不过这要是被人发现了，那可不得了。于是他躲进平地中间一块巨大岩石的阴影里，顺势抬头观察岩洞的顶部。

这一看不要紧，口袋小子的脸唰地一下白了，两只眼珠子都差点儿掉出来。究竟是什么把他吓成这样呢？

快看呐！就在岩洞的顶上，竟然耸立着一座五十米见方的岩山！那可不是普通的岩山，那巨大的岩体整个看上去，竟然酷似一张人脸！

应该不是雕塑，它更像是自然形成的岩山，被人做了些手脚而已。

啊！那张脸……实在是太可怕了，仿佛是恶魔的狞笑。它那只至少十米长的巨眼，正一动不动地盯着这儿呢！还有那锋利无比的尖牙和足有三十米长的大嘴，感觉它一张口就能吞下好几百个人呢！

— 可怕的看守 —

平地就在巨人的大脸前面,而另一边的角落里停着那架直升机。口袋小子挪到直升机旁边,爬进驾驶席,翻找了一番。驾驶座的后面,放着一个用帆布包起来的方形篮子,里面有些卷心菜的残渣。看来这个篮子是去街上采购食材的时候用的。口袋小子望着这个大篮子,狡黠地笑了起来。他心里有了一条妙计:"来是靠箱子,那回去就靠篮子吧。嘿嘿嘿……我真是太聪明了。"

自言自语地咕哝了几句,口袋小子就下了直升机。可就在这时,不知从哪儿忽然传来一阵奇怪的叫声。

"嗷!嗷!"

听上去像是什么鸟在叫。这里毕竟是深山老林,会不会栖息着什么可怕的鸟呢?

口袋小子一惊,朝着声音传来的方向望去。面前的空地上什么都没有,声音似乎是从森林里面传来的。于是他一步一步朝那边走了过去。森林里尽是百年大树,枝繁叶茂的,视野不好。枝干上缠绕着一圈圈藤蔓,就像电影里看到的热带雨林,仿佛随时都会奔出个"人猿泰山",嘴里还叫着"呀——喝——"。

"嗷!嗷!"

正在这时,那奇怪的叫声在不远处又响了起来。

口袋小子吓得差点儿逃跑。他从重叠的树影之间朝前望了望,隐约看见在五六米开外的黑暗森林里,好像有什么东西晃晃悠悠地吊在那儿。

那不是鸟,有点儿像是猫科动物。它的脚好像被藤蔓缠住,倒挂在树上。它不停扭动着身体,看样子是想解开缠在脚上的藤条,但总也不能如愿。

它只能这么倒吊着，不停发出奇怪的叫声求救。

见此情景，口袋小子心想"一只猫也没啥好怕的"，于是又朝前走了几步。那家伙的脚被缠得紧紧的，发出阵阵叫声，似乎十分痛苦，挺可怜的。

"好吧，我来帮你解开好了，你等着。"

口袋小子踮起脚尖，抱住挂在半空中挣扎的"猫"，解开缠在它脚上的藤蔓。那只"猫"见自己得救了，把脑袋安静地靠在口袋小子的胸口，显得很高兴。口袋小子一边摸着它的脑袋，一边仔细地观察它的模样，越看越不对劲。它的脸长得比猫威风得多，虽然看上去像只大花猫，但黄黑相间的斑纹比一般的花猫更明显，感觉就像是只小老虎。说不定，这真是只虎仔？

一想到这儿，口袋小子开始害怕了。那双一直盯着自己瞧的蓝幽幽的眼睛越看越瘆人。

就在这个时候——

"嗷呜……"

一阵可怕的叫声传来。不是怀里的"猫"在

叫,而是来自更远的地方。

口袋小子打了一个激灵,朝远处望去,只见林间闪过一个黄色的影子,身披黄黑相间的条纹。

"哎呀!是老虎!"

这可不得了,口袋小子一时吓得动弹不得。

只见那东西无声无息地从不远处探出了它那巨大的脑袋,缓缓地走过来。果然是只大老虎。口袋小子刚刚救下的虎仔,说不定是它的孩子。

这下他明白了,四十面相的部下所说的"可怕的看守"原来就是这家伙。四十面相没养看门犬,而是养了这么一头大老虎,让它看守奇面城。

口袋小子眼看着要被这只老虎一口吞下去,吓得魂不附体。想转身跑,可两条腿动弹不得。见那双巨大的眼睛闪着寒光瞪着自己,口袋小子就像触了电一样,只能原地打战。

老虎已经走到跟前了,"哈、哈"地呼着热气,一股臊臭扑面而来。这时,口袋小子怀里的虎仔蹦了下来,跑到那只大老虎身边,亲密地蹭来蹭去。

只见那只大老虎不断舔舐着小虎仔，眼睛还微微眯了起来，流露出慈爱的神情。

看样子，这只大虎应该不是父亲，而是母亲。

过了一会儿，那只大虎又一次"嗷呜"低吟一声，望着口袋小子，似乎并没有伤害他的意思，反而像是在说"谢谢你救了我的孩子"。

口袋小子人小胆大，见此情景，一下子放了心，还伸出手去摸了摸那只大虎的脑袋。而大虎也没有一口咬上去，而是眯着眼睛，显得十分温顺。看来，它已经对恩人口袋小子完全放下了防备。

"你虽然看上去吓人，心地还是挺善良的嘛。乖，以后说不定还得靠你帮忙呢。"

口袋小子用对人说话的语气说道，顺带不停地抚摸大虎的脑袋和脖颈……要是被四十面相散步回来发现了那可就糟了，口袋小子打定主意撤回奇面城的洞窟里。

老虎母子见他转身要走，竟从后面跟了上来。等到了洞口，他又听见了"嗷呜"一声吼叫。这不是他身后的两只老虎在叫。洞窟的入口处还并排有几个小型的洞穴,刚才的声音就是这些洞穴里传出的。

一时间,口袋小子以为还有别的老虎,吓得停住了脚步。只见从一个小洞穴里钻出了一只大虎,它应该就是小虎仔的父亲。

"嗷呜——"

这只老虎走出洞穴,又叫了一声。这时身后的那只母老虎朝它走了过去,用脸蹭了蹭它,似乎是在传递什么讯息。也许是在说"他救了我们的孩子"吧。

接着,两只老虎又齐齐望向口袋小子,目光十分温柔,大概是在向他道谢吧。

见两只猛兽如此温顺,口袋小子开心坏了。他本想和老虎一家三口再玩一会儿,又怕被四十面相的部下发现,只得匆匆和三只老虎挥手道别,又一次回到岩洞之中。

一口袋小子的冒险一

口袋小子回到奇面城的岩洞之后没过多久，四十面相和那个美丽的女人就回来了。

接下来的两天里，口袋小子都在岩洞里悄悄探索。他晚上睡在储物间里，白天则避过众人的耳目，偷偷查看洞里的每一个房间，一点点摸清了四十面相的老巢。

幸运的是，洞里的走廊十分昏暗，即使途中遇上四十面相的部下们，只要躲得快，就不会暴露。至于吃的东西，只要时不时地溜进厨房顺一点儿就行了，也饿不着。

根据口袋小子的探查，这个岩洞里，包括四十面相和厨子在内，总共住了十一个人。虽然四十面相的部下不止这些，但现在逗留此地的就只有十一个人。既然有十一个人要吃饭，那就必须想办法往这儿运食材。就算发电用的煤有了，其他的物资肯定也得往这儿运。这里是深山，肯定没通公路。要搬运这么多物资，要么靠人力背进来，要么靠直升机。那辆直升机肯定不断地进进出出，搬运物资。口袋小子就是在等待这个时机。要想回到东京，只要趁直升机外出运送物资，想办法混进去就行了。

三天后，时机来了。

这天，口袋小子偷听到四十面相给他的两个部下下命令，要他们用直升机出去运食材。等这两个部下准备妥当出岩洞，口袋小子便悄悄跟在他们后面。行动是在夜里，一出洞口便是两眼一抹黑。那两个部下打着手电筒照亮脚边，朝直升机走去。白天直升机就已经整备好，随时都可以出发。口袋小子打算抢在他们俩上飞机前钻进那个盖着帆布的篮子里。可就算是在半夜里，抢在两人前头肯定立马会被发现的，还得想个计策才行。

口袋小子可是个聪明绝顶的孩子，当然考虑到了这一点。他先是远离那两个部下，跑进旁边的森林里，然后大叫起来：

"呀——救命啊……"

两个部下闻声吓了一跳。森林里本该没有人，却传出惨叫，必须一探究竟。两个人随即急忙跑进森林，在附近搜一番。就趁着两人走进森林的当儿，口袋小子已经跑出森林，溜到直升机附近。

等两个部下找累了，走出森林的时候，口袋小子早已经躲进驾驶座后面的篮子里了。因为篮子上盖着帆布，只要从里面把它盖好，整个看上去就像个大包袱，完全不用担心被发现。

"听着确实是人的叫声啊。"

"嗯，我也这么觉得。也可能是鸟叫吧，这深山里也有叫声像人一样的怪鸟，说不定是听岔了呢。这种地方怎么可能有人来嘛。"

两个部下嘀咕了几句，坐进了驾驶舱里。

终于，螺旋桨旋转了起来。轰隆隆，轰隆隆，轰隆隆。紧接着，机体缓缓腾空，逐渐加速，朝着未知的方向飞去。

飞行了差不多一个小时，直升机的速度开始慢了下来，机体缓缓下降，最终降落在了某个地方。口袋小子一直躲在帆布篮子里，也不知道是到了哪里。

"喂，车停在那儿等我们。来，快把篮子搬下去。"

说着二人先把盖着帆布的篮子拖到舱门旁边，下了飞机，再把篮子拽了下来。篮子被两个人拽着，重重地砸在了地面上。这过程中，口袋小子的头、肩、腰在篮子里被狠狠地撞来撞去，可不管多疼，他都咬紧牙关没有叫出一声。不管怎么说，口袋小子人小体重也很轻。那两个部下做梦也想不到，这篮子里居然还藏了一个人。这篮子比平时重了那么一点，也不足以引起他们的怀疑。

放稳篮子，两个部下便朝不远处的汽车走了过去。口袋小子趁机悄悄把帆布拉开一点儿，朝外面看。周围一片漆黑，不见人家。看来这里是荒郊野外的一片平地。就在二十米开外的地方，有一辆关了车灯的汽车。那两个部下就站在旁边，好像在说着什么。

"趁现在！"

口袋小子心念一动，立刻拉开帆布的口子钻了出来把帆布还原后匍匐前进，远离了直升机。

两个部下对此一无所知，和汽车司机三个人合力从车里搬出些盒子装的、纸包着的东西，正往篮子这边运。估计是些肉、罐头、蔬菜之类的食材。

口袋小子钻进荒地的草丛里，远远地朝这边观察着。过了一会儿，那个包了帆布的篮子被搬上了直升机，两个部下也和司机道了别，坐进了驾驶舱。紧接着，轰隆隆，轰隆隆，直升机又升上了天，汽车也打上车灯，驶上了不远处的大路，渐行渐远。

他们到最后都没有发现口袋小子的存在，他就这么重获了自由。可接下来才是关键，他得回到东京，将事情的始末向明智侦探和小林团长汇报，再带着浩荡的警队前去捣毁奇面城，抓住怪盗四十面相。

这两天，口袋小子详细地调查了岩洞，还偷听到不少坏蛋们的谈话，现在，他已经差不多弄清奇面城是在哪一片山区里了。

终于，奇面城攻击战就要打响了。大侦探明智小五郎究竟会想出什么妙计呢？而四十面相，又会用什么手段防御呢？一场千变万化的智慧与力量的大比拼，马上就要揭开序幕了。一想到这儿，口袋小子心中雀跃不已。想这怪盗四十面相的老巢，那座可怕的奇面城的确切位置，普天之下就只有他一个人知道，这让口袋小子飘飘然了起来。

直升机和汽车已经都没影了。口袋小子松了一口气，从草丛中站起身来。他穿过荒地，走上宽阔的国道，朝着刚才汽车开走的方向大步流星地走了起来。

—秘密会议—

别动队的口袋小子沿着漆黑的街道赶了一个多小时的路,终于来到一个大一点的城镇。这里是埼玉县的T镇。口袋小子在T镇车站的长椅上将就睡了一夜,坐着第二天清晨的火车回到了东京。他身上只带了三百日元,刚好够他买一张火车票。

到了东京,他立马赶到明智侦探事务所,向明智先生和小林团长详细地报告了事情的来龙去脉。

"哇!口袋小子,你太厉害了!你这次可是立了头功!"小林少年忍不住欢呼了起来。

明智侦探也摸着口袋小子的头,夸奖道:

"你这次的功劳可是没有一个大人能做到的。四十面相真正的老巢奇面城,长久以来没人能发现，就连我都丝毫没有察觉，而你却靠自己的力量发现了它。警视总监肯定会奖励你的。好！我们马上就去警视厅，向总监汇报这件事，再制定一个进攻奇面城的方案。"

说罢，明智侦探拿起了桌上的电话，打给了警视厅的中村组长，拜托他将这件事告知警视总监。随后，他们接到回复说总监和搜查科长正在等他们，便立刻叫了一辆车，带着口袋小子动身前往警视厅。

过了二十来分钟，他们来到警视厅的总监办公室。大书桌的对面坐着山本警视总监，明智小五郎、堀口搜查课长和中村组长坐在他的面前，而口袋小子也正儿八经地坐在明智侦探旁边的大椅子上。

山本总监得知四十面相扮成自己的模样把警视厅耍得团团转，非常气愤，于是专门就这次的事件在总监办公室里召开了秘密会议。

"你就是口袋小子吧？你做得很好。事后我会给你丰厚奖励的。那么，你知不知道，奇面城具体在什么地方？"总监问口袋小子。

"我知道。我藏在奇面城里，偷听到四十面相手下的对话。那座山叫做拳头山，可怕恐怖的人面石就在山北面的森林深处。"

明智侦探接过他的话头，解释道：

"这拳头山大名叫甲武信岳，坐落在埼玉县和长野县交界处。住在那座山里，要想采购食材等物资，最近的城镇就是埼玉县的T镇。据说四十面相的直升机每隔两三天会在奇面城和T镇之间往返一次。口袋小子就是藏在那架直升机里逃出来的。"

这时，堀口搜查课长不以为然地说道：

"那就派一支刑警小队去包围奇面城好了。既然这奇面城里总共只有十一个人，那一支刑警小队就足够了。坐车到车能到达的地方，剩下的路用步行吧。"

明智侦探提出了反对意见：

"不，这太危险了，奇面城的周围一定有人把守。要是警队进了山,他们很快就会发现我们,做好迎击准备的。那帮家伙手上有枪支和弹药,不知道还有些什么武器。再说,要是正面交战,我方也会出现伤亡的。我认为应该避开正面冲突。"

"嗯,那就要想对策了。明智君,你有什么好主意吗?"山本总监问道。

于是,明智侦探把椅子往前挪了挪,把手肘搭在大书桌上,压低声音说道:

"其实,我想了一条计策。四十面相的直升机一定会一次次地飞到T镇,我们要充分利用这一点。"

明智侦探此时又把声音压低了几分,警视总监、搜查课长和中村组长都把头往前探了探,四个人的脑袋挨在一起,听明智侦探悄声说着他的秘密计划。

"嗯,有意思,的确是明智君你的作风。复杂是复杂了一点儿,但交给你应该没问题,很值得一试。"总监听了明智的话,笑眯眯地表示赞成。

"关于这次的计划，中村君，我想借你的部下三浦警员一用。他是警视厅首屈一指的易容高手。"

中村组长欣然应允侦探的请求：

"当然可以，三浦确实非常擅长易容。虽说比不上四十面相，但十张脸还是能变得出来的。他如果能派上用场，就让他全力配合你。"

之后的三十分钟里，众人又商议了计划的细节，随后结束秘密会议。山本警视总监从椅子上站起来说道：

"那么，明智君，我就等你们的好消息了。一切拜托了。"

说罢，他握住了明智侦探的手。

― 两 个 替 身 ―

口袋小子逃出奇面城后的第二天夜里十点多。

埼玉县T镇郊外的一块空荡荡的荒地上，一辆和那天晚上一模一样的汽车停在那里，熄灭了车灯。坐在车上的两个男人静静地望着星空，好像在等待着什么。

没过多久，天边传来"轰隆隆隆隆"的声音。一个影子越变越大。原来是一架直升机。那架直升机裹挟着一阵强风，在不远处降落。借着微弱的星光，隐隐能看见驾驶舱里下来两个男人，朝这边走来。

那两个男人一人拽着一头，提着一个盖着帆布的大篮子。

"咻，咻，咻……"

这边车里的一个人用口哨吹了一段曲子，紧接着——

"咻，咻，咻……"

从对面走来的一个男人也吹起了一模一样的曲子。大概这就是他们的接头暗号吧。那两个男人把篮子提到车门前放下，停住了脚步。车门打开，各种各样的食材从车里取了出来，有盒装的，有纸袋装的。而车外的两个人把它们一一接过来，往篮子里装。不到五分钟，篮子就被塞满了。

"那下一次就定在十四号晚上吧，还是同一时间，这是采购清单。那我们就先走了。"

说完，他们递出一张采购清单，随后提着沉甸甸的篮子，哼哧哼哧地回了直升机。

车上的两人目送他们离开后，也启动了汽车，朝大街另一端开走了。然而，就在这时，奇怪的事情发生了。一辆和刚才一模一样的大卡车不知从哪儿冒了出来，稳稳地停住了。

"咻，咻，咻……"

车窗里传来几声尖锐的口哨声，和刚才的暗号一样。

已经把篮子搬上直升机的两个人闻声回过头来。刚才他们一直面对着直升机，根本不知道卡车已经换了一辆了。

"喂，他们叫我们呢，是不是忘了什么事。真麻烦，还得再过去一趟。"

"嗯，还是去看看吧。咻，咻，咻……"

于是他们也回了几声口哨，又朝那辆车走了过去。等他们来到卡车旁边，车门打开了，这回车上的两个人下了车，和直升机上的两个人面对面站着。

"啊！"

直升机上的两人惊呼了一声，举起了双手。因为对面两人手里都举着一把手枪。副驾驶席上有一个小孩子监视着车窗外的动静，正是口袋小子。

"快，我来拿枪，你把他们的衣服脱了，再绑起来。"

车里下来的其中一人说着从另一人手上接过手枪，一手拿了一把。见此情形，口袋小子也跳下了车，帮着另一个人把直升机上两个人的衣服一件一件扒下来，然后绑住他们的手脚，再拿布条塞住了他们的嘴。

"好嘞，现在把他俩塞到车里去。"

拿着枪的那个人把手里的枪放到地面上，上前帮了把手。

接下来就是变装了。两个人拿出了变装用的工具盒，借着手电筒的光一边观察直升机上那两个人的脸，一边照着样子在自己的脸上涂涂抹抹。

卡车上下来的两个人似乎都是变装的高手，手法十分的娴熟。没过多久，两个人的脸就和直升机上的两个人一模一样了。

变完了装，两个人把脱下来的西装往后座里一扔，对驾驶员说道：

"好了，可以出发了。把他们两个带到警署去，署长知道该怎么处置他们。"

听了他们的话,驾驶席上的人点了点头,立刻发动了车子。照这么看来,这辆车应该是T镇警察署的车,而开车的,应该就是那里的警员了。化完装的两个人则带上口袋小子坐上了直升机,其中一人坐在驾驶席上启动了飞机。这个人似乎经常操纵直升机,动作标准而娴熟。

── 深 入 敌 阵 ──

一个多小时后,载着两个冒牌部下和口袋小子的直升机在奇面城前面的空地上着陆。四十面相手下负责开直升机的,是一个叫做杰克的男人,而他的助手名叫五郎。这两个名字口袋小子记得清清楚楚。

假扮成杰克和五郎的两人把装满食材的篮子从直升机上卸下来,打算就这样搬进奇面城。正在这时,忽然从不远处传来一阵动物的低吼。

"啊!不好!是老虎!老虎要来了!"口袋小子突然大叫了起来。

"什么?老虎?"

杰克和五郎不禁异口同声地问道。两人虽然听说这儿有老虎看守，但都以为只要化装成四十面相的部下就能蒙混过关。

可老虎才不会理会什么化装和穿着，它认的是味道。老虎的鼻子比人类灵敏数倍，每个人的气味它都能分辨出来。刚从直升机上下来的两个人，身上的气味完全是陌生的。所以老虎觉得，这两个家伙太可疑了！

借着微弱的星光，隐约可见两头老虎正从十米开外的地方走来。冒牌杰克和冒牌五郎身上都有枪，只要枪法准，要杀死两头老虎不算是难事。可要真这么做了，就会打草惊蛇，老虎的尸体肯定会暴露，那好不容易混进奇面城的苦心可就白费了，只能一走了之。也许找棵树爬上去就能渡过难关。

于是，二人转身撒腿就跑。

"喂！不能跑！"

口袋小子慌忙想叫住他们，然而为时已晚。这时，两头老虎已经追了上去。遭遇猛兽的时候，应该站在原地不动。而那两个大人竟然忘记了。要是原地不动，老虎也会停下来观察你，然而一旦跑起来，老虎就会不顾一切地追上去。和老虎赛跑，根本没有胜算。要是不想想办法，那两个人就只有被老虎吃掉的份了！

情急之下，口袋小子脑子飞快地转了起来：

"这两头老虎会不会认识我？上一回我救了那只虎仔，那两头老虎那么感激，也许还记得我。好！我就赌一把，试试看吧！"

下定了决心，口袋小子猛地张开双臂，拦在两头正朝杰克和五郎扑过去的老虎面前。

啊！危险！眼看口袋小子就要被老虎扑到了！只见那两头老虎龇牙咧嘴，跑到口袋小子的面前。

"完了，死定了！"

口袋小子心里闪过这个念头，下意识地双眼一闭。他还以为下一秒自己就会被扑倒或是被一口咬住，然而现实中什么也没有发生。一股股灼热的气息扑面而来，随后好像有一团温暖的毛茸茸的东西在他的身上磨蹭。口袋小子觉得奇怪，忍不住睁开眼，眼前的一幕是——

一头老虎站在不远处观望他，而另一头老虎竟然蹭着口袋小子的身体，和他亲昵起来！果然，它们没有忘记他的救子之恩！拿身子蹭他的，应该就是虎妈妈。而站在不远处观望的，大概就是虎爸爸了。

见此情景，杰克和五郎都大吃了一惊。

"口袋君，你居然有本事骗过老虎，真是太令我惊讶了！"杰克的语气中充满了钦佩。

"哪儿的事，这只老虎是在向我报恩呢。"

口袋小子把之前自己救虎仔的事和二人说了一遍。

"哦！原来如此！这两头老虎的行为令人惊叹，你更值得称赞。看来善良的心，不管什么动物都能体会得到啊。"杰克忍不住揉了揉口袋小子的头，对他大加赞赏。

"杰克先生，那就是奇面城了。"

口袋小子害羞地转移话题，伸手指向耸立在星空之下的那座漆黑的岩山。

"的确，那形状是挺吓人的……那我们就进去吧。虽然被老虎识破了，但里面那帮鼻子远不如老虎灵敏的人类，就不一定能识破了。"

于是三人抬着装满食材的篮子，进入巨大人脸下面的岩洞里。用来升降岩桥的按钮在入口这边也有一个，口袋小子已经事先摸清了按钮的位置。按下按钮，巨大的岩桥降了下来，三个人进入四十面相的老巢之中。

― 小黑豆 ―

紧接着,三人走进了奇面城的岩洞之中,杰克和五郎来到四十面相的房间打了一声招呼:"头儿,我们回来了。"四十面相一点儿也没察觉两个人是冒牌货。

杰克和五郎是安全过关了,可口袋小子要是被发现就糟糕了。毕竟奇面城里可没有这么一个小个子男孩。于是口袋小子拿出了从东京带来的黑衬衫、套头的黑面罩、黑手套和黑鞋子,穿戴整齐之后他全身漆黑,能帮他瞒过敌人的眼睛。就是因为个子小得能装进口袋里才得了"口袋小子"的名号,所以这个小家伙一旦穿上一身黑,就成了颗小黑豆了。这颗小黑豆还和上次一样,晚上睡在堆满杂物的储物间的角落里。吃的东西不用像上次一样从厨房里偷了，冒牌杰克和五郎会弄些来分给他，算是高枕无忧。

小黑豆不仅个头小，从头到脚都黑漆漆的，所以就算在岩洞的走廊里碰上四十面相的部下，也不用担心被发现。因为走廊的光线昏暗，小黑豆身手又敏捷，轻轻松松就能躲过对方的眼睛。

就这样过了两个星期。四十面相一直待在奇面城里，哪儿也没去。而冒牌杰克和五郎在此期间开着直升机出了五次山。除了运送食材或别的物资，他们另有目的——每一次直升机从山下的镇上回来，都会偷偷带上一名警员。因为每次只带一个人，所以五次就有五个人被带到了奇面城。

不过，住在奇面城里的依然只有十一个人。当然，除了小黑豆儿，有十一个大人，都是四十面相的部下。新来的五个人分别假扮成一个部下，若无其事地做着自己的工作，谁都没起疑心。这五个人，都是不输杰克和五郎的易容高手。

然而，让人不可思议的是，每回直升机出山的时候都只有杰克和五郎两个人，四十面相的部下又没坐在上面，而每次又带回一个人，那么现在的奇面城里理应是十一个人再加上五个——十六个人才对。可实际上人数一直都是十一个，这可太奇怪了。被这新来的五个冒牌部下换掉的五个真部下到底哪儿去了呢？当然，这一定是冒牌杰克和五郎搞的鬼，他们究竟把五个大活人藏去哪儿了呢？

就在两个星期后的一天，变身小黑豆的口袋小子捅了一个大娄子。

这颗小黑豆一身漆黑的忍者打扮，每天都在岩洞里到处侦查。他找出了不少秘密通道和机关，都一一汇报给了冒牌杰克。

他在走廊和各个房间偷偷地溜进溜出，竟没有一个人发现他，这让他不知不觉放松了警惕，终于被四十面相的部下给发现了。

那天，口袋小子正走在走廊上。刚开始的几天他还会一边走一边小心地前后观察，可后来，他开始时不时地疏忽大意，不顾身后只管朝前走了。这个时候，一个叫做高个子初幸的部下从口袋小子后方走了过来。名字里都有"高个子"，可见这家伙个子非常高。

这个高个子初幸见自己眼前有个从头到脚都黑乎乎的小不点正小步小步地朝前走，吓了一跳，还以为自己见了鬼了。这个黑乎乎看不清脸的小不点儿等会儿转过脸来，说不定就是脸上只有一只眼睛的"独眼小童"。想象着它会吐着长长的舌头对自己说："叔叔，你好啊！"初幸不由觉得脊背发凉。

不过，他好歹是怪盗四十面相的手下，胆子也没小到当场逃跑。他便跟着这个小黑豆又走了几步，大喝一声："喂！小不点儿，给我站住！"随即猛地一伸手抓住了口袋小子。

口袋小子喑叫不妙，像只松鼠一样身子灵活地一闪，便从初幸身边溜走了。这初幸被他这么一闪，差点儿重心不稳栽个跟头，然而如果追起来，大高个哪会跑不过一个小不点呢？于是，初幸迈开他的大长腿，跟在后头追了起来。

高个子追小不点，没几步就追上了。可初幸要是动真格地跑呢，一转眼就跑过头了，再说了，口袋小子即使被追上，也能从他的两条长腿之间穿来穿去。最终，还是让口袋小子溜进了岩洞走廊上一个开了门的房间里。高个子初幸很快也冲进了房间，但他找遍了也没见着口袋小子的人影。

这个房间是四十面相换衣服的地方。有一排衣钩，上面挂着各种各样的衣服。衣柜里也找过了，没发现小不点儿的身影。初幸站在房间中央，抄着手沉思了起来。

你们猜，口袋小子究竟躲到哪里去了呢？说来，那可是个和他"口袋小子"的名号十分相称的地方——他还真就躲进了柜子里那一排衣服中最宽大的一件外套的口袋里。

当然，就算口袋小子个子再小，也不可能真把身子藏进一个口袋里。他其实只是爬到那件外套上，把双脚伸进大口袋里，然后整个人悬空倒挂在了上面。一件黑色外套上挂了一个一身黑的小不点，在昏暗的光线下，很难分辨。再加上初幸只顾着找柜子里头和床底了，愣是没找着在衣服上面倒挂着的口袋小子。

"太奇怪了，那家伙难道真是个妖怪？"高个子初幸抄着手，一个人自言自语道，"不对，不可能。他一定是藏在哪儿了……还是那个柜子里最可疑。"

说罢，他又在柜子里找了一遍。这一回他用手在那一排衣服里摸索着，一件挨着一件搜起来。

自己的好运算是到头了。口袋小子心想。

― 翻 滚 的 毛 毛 虫 ―

    话说口袋小子把两只脚伸进大外套的口袋里，屏住呼吸整个人挂在外套上。而高个子初幸则从柜子的角落开始挨件摸索衣服朝这边逼近。眼看搜完了三件衣服，还有两件就到了……哎呀，中间就隔一件了！接下来就该轮到这件外套了。

    只见初幸伸着瘦长的手臂，从外套的领口开始一点一点地往下摸索。渐渐地，他的手摸到口袋小子的头上了。

    他还没发现。

    他那细长的手指拂过口袋小子的脸，又拂过他的脖子和胸口。紧接着，他压低声音"嗯"地哼了一声。

最终还是被他给发现了。

口袋小子连忙从外套的口袋里抽出自己的腿，敏捷地一翻身跳到了柜子的底板上。

"唔！你这家伙居然躲在这儿！"

初幸张开双臂要去抓他，可口袋小子又从他双臂之间的缝隙钻了出去，到处逃窜。而高个子初幸只能喘着粗气追着他跑来跑去，那场面看上去真是怪极了。

然而口袋小子已经逃不掉了，毕竟对方是体型比自己大四倍的高大男人，他最终会被抓住的。一旦被抓住，八成会被带到四十面相面前挨一通讯问，说不定还会受刑。要是真用刑，他肯定只能把这些天的前前后后都交代出来。这么一来，明智先生绞尽脑汁想出的计划就泡汤了。

一想到这里，口袋小子都快哭出来了。眼看他从最初藏进箱子到今天所做的一切辛苦努力都要白费了。

"臭小子，总算抓住你了！"

耳边初幸的声音听上去很开心,他那修长的手指已经紧紧地扣住了口袋小子的肩膀。唉,看来好运真是到头了。

然而就在这时,意想不到的事情发生了。原本紧扣在口袋小子肩上的初幸的手指,忽然松开了。口袋小子觉得奇怪,抬头去瞧初幸的脸。只见初幸的嘴里被塞了一块儿白色的东西,好像是揉成一团的手绢,是被另一只手给塞进去的。

这只手可不是初幸的。而初幸的两只手也不反抗,反而耷拉在身体两侧,紧接着整个身子都软了下来。从初幸身后把那一团白色的玩意儿塞进他嘴里的人抱着初幸的身子,跪了下去,初幸也顺势坐到了地上。

这时,口袋小子才看清背后那个人的脸,竟然是杰克。

"啊!先生!"

口袋小子不禁叫了出来,随即又反应过来,连忙捂住自己的嘴。要是叫了"先生",假扮成杰克者的真实身份就暴露了。

"刚才真是千钧一发。我刚好瞧见你跑进这间屋子,赶紧拿着浸了麻醉药的手绢赶过来,把这家伙迷晕了。现在没事了。"

"对不起,是我太大意了,真对不起。"口袋小子实在是愧疚,接连深深地鞠了两躬。

"没关系,想想你之前立下的汗马功劳,这点小失误不算什么。话说回来,口袋小子真躲进口袋里,这还是头一回吧?哈哈哈哈……"

说着,杰克愉快地笑了起来,很快又收起笑容说道:

"不过,这家伙不能就这么搁在这儿。要是他醒过来,跑去向四十面相报告,那可就前功尽弃了。还是得把他丢到那儿去才行。"

所谓的"那儿",究竟是哪儿呢?莫非是岩桥下面深不见底的山谷?要是从那儿丢下去,人肯定就没命了。明智侦探和警方肯定不会用这么残忍的手段。

那么，到底是要把他丢去哪儿呢？

口袋小子对这个地方却是心知肚明。说起来，这地方还是他找着的呢。刚潜入奇面城的时候，口袋小子在岩洞里四处探查，不小心闯进了那个地方。那时，口袋小子正往一个自然形成的岩层裂缝似的小洞里钻。没想到，越往里钻空间越大，爬个十来米左右，竟然有一片十几平方米的宽敞空间。用手电筒一照，这里似乎并没有人来过的痕迹。因为入口太狭窄，四十面相的部下们根本没发现这个洞穴。

口袋小子把这个地方告诉了杰克和五郎，这次行动便用上了这个地方。他们在深夜里悄悄地凿开岩石，拓宽了入口，然后找来另一块岩石做门，将洞口堵住，不让外人发现，前前后后费了一番工夫。

且说杰克来到走廊上，确认周围没人，便背起毫无知觉的初幸，快步朝那个秘密洞穴走去。口袋小子尾随其后。很幸运，全程没有人发现他们。三个人平安到达洞口，杰克先是将用来做门的石头搬开，再从里面伸出双手，把初幸的身体拖了进去。

里面很宽敞，只要通过了入口，后面就轻松了。他拖着初幸的身体，搬进里头宽敞的洞穴里。口袋小子掏出手电筒负责照明。

哇！快瞧啊！洞穴里有五个男人，被裹得像毛毛虫似的，在地上滚来滚去呢！他们嘴里都被塞了布条，四肢也被绑得牢牢的。杰克也照样子给初幸嘴里塞上布条，绑了他的手脚。这下，五条"毛毛虫"就变成六条了。

前面提到过，他们用直升机带来了五个同伴假扮成四十面相的部下，而那五个真正的部下，原来都被丢进了这个秘密洞穴。这些计策全都是明智侦探想出来的。警视厅从旁协助，把警队里的易容高手们都送进了奇面城。

巨人之眼

现在的奇面城里,除了四十面相和那个漂亮的女人,有十个部下。这里头又有七个人被掉了包,真正的部下只余三人。这下不管事态怎么发展,都是胜券在握了。

终于,总攻的时刻就要到来了。

杰克和五郎又一次开着直升机,来到山下的镇上,和T镇的警察们商量计划的细节。

总攻奇面城决定在第二天早晨进行。由中村组长率领警视厅的九名警员,加上当地的警队四十人,总共五十人,兵分四路,朝着山上的奇面城进发。

按理说,即使不搞那么大阵势,杰克和五郎,还有那五个冒牌的部下也一样能抓住四十面相。可对手毕竟是个自诩为魔法师的怪盗,谁也不知道他是不是还留了一手。为防万一,不让敌人有机会逃跑,大家还是决定派出五十人的警队包围奇面城。而以杰克为首的七个冒牌部下,当然就是在敌人内部伺机接应了。

终于到了总攻的清晨。

岩洞里一间富丽堂皇的卧室里,四十面相睡得正香,忽然一阵尖锐的铃声把他从梦里惊醒。四十面相猛地跳下床,迅速穿上他那套带金丝花纹的天鹅绒套装,奔进旁边的陈列室里,坐在黄金的椅子上。接着他按响呼叫铃召集部下。

很快入口的门打开了,杰克走了进来。

"您叫我吗?"

"嗯,刚才报警铃响了,是我安排在山下的线人给我报的信。一定有什么大事发生,说不定是警察有所行动了。用不了多久,山下就会有人赶上来报告,不过我打算先用巨人之眼看看情况。你也和我一起来吧。"

说罢,四十面相便快步走出了房间。杰克连忙追了上去,可惜他只是个冒牌货,并不知道所谓的巨人之眼究竟是什么东西,到底在哪儿。

一身华丽衣装的四十面相用钥匙打开岩洞深处的一扇小门,走了进去。杰克并不清楚这是什么房间。因为一直上着锁,杰克从没进去过。房间很窄,只有三平方米左右,一面的岩壁上装了一副铁梯,几乎垂直于地面。四十面相顺着铁梯爬了上去,杰克自然跟在后头。爬了差不多四米之后,有一块落脚的岩台,紧接着又得爬另一副铁梯。铁梯的两边越往上越窄,最后就只剩一个人勉强能通过的宽度,而铁梯还没到尽头。

杰克觉得自己至少向上爬了四五十米,终于到了头。这里是一个极其狭小的石室,装着一扇巨大的圆窗,透着明亮的阳光。

窗边的岩台上放着一架大型的双筒望远镜。四十面相把望远镜架到眼前,观察着窗外。杰克也从窗口向外望去，这儿高得让人头晕目眩。奇面城周围成片的森林尽收眼底，朝正下方看，停在空地上的直升机小得像个玩具。虽说这是个圆窗，但并没有装玻璃窗门，只不过是在岩壁上开了一个直径一米左右的圆洞。要是不小心，会失足掉下去。这足以令人头晕的高度，要是掉下去准没命。

哦，明白了。这个圆窗就是奇面城上那个巨大人脸的眼睛！他们在这个秘密的地方开了个洞，专门用来观察远方的情况。

"啊，有人上来了。是三号哨所的三吉，他一定带来了重要的情报。"

四十面相说着，将自己刚刚在用的望远镜递给了杰克。杰克拿起望远镜放到眼前，看见那个叫三吉的男人正沿着狭窄的山路往上赶来。他害怕行踪被发现，便朝四周仔细观察了一阵。

三吉抬头朝这边望了望，随即招手致意，大概是发现了他们正从巨人之眼朝外观望的身影。杰克想象了一下从三吉的位置看这个巨人之眼究竟是什么样子。巨大的人脸上一只巨大的眼睛中间，是手举望远镜的四十面相的上半身。这个四十面相身穿闪闪发光的金丝天鹅绒服，看上去就像一位国王。这景象真是令人不可思议啊！

"好了，我们下去听听三吉怎么说吧。"

四十面相说罢，便沿着铁梯开始向下爬。因为铁梯几乎垂直，所以下去的时候真费劲。等两个人好不容易爬下来，三吉已经赶到了他们跟前。

"头儿，不好了！警队从四面八方爬上山来了。其他几个哨所也传来了消息，他们至少有个五六十人，说不定有上百人呢！"

三吉上气不接下气地汇报着情况。

"果然是警察。好吧，你们几个全体出动，去和警察周旋。枪要朝天上开，切记不可杀人，知道了吗？你们一号到六号哨所的人手加起来应该有个三十人左右，山里的情形你们更熟悉。他们都是些没怎么进过山的城里人，你们几个要开动脑子，缠住他们。"

四十面相下达了命令，便让三吉回去了。

"杰克，快发动直升机，我们坐直升机躲到深山里去。警醒点儿，别出岔子！"

四十面相和杰克二人匆匆跑过岩洞里的走廊，通过架在深谷之上的岩桥，来到巨大人脸外面的空地上。那架直升机，就停在不远处。

— 最后的手段 —

四十面相和杰克两人坐进直升机的驾驶舱。这架直升机随时都能起飞。

杰克按下起飞按钮,只听"轰隆隆隆"引擎启动了,螺旋桨转动起来……似乎有什么不对劲。引擎声听上去和平时有点不一样,螺旋桨也转得没有平时那般有力了。杰克在操纵盘上东搞搞西搞搞,想方设法让飞机起飞,然而最终放弃,让引擎停了下来。

"头儿,不行啊,出故障了。"

"什么?故障?哪里出故障了?"

"我心里大概有数,但是一时半会儿修不好啊。"

"要花多少时间？"

"得花三个小时。"

"可恶！没办法，还是下去吧。我们再想其他办法。"

说完，四十面相跳下直升机，又朝巨人脸奔了过去。杰克自然一直跟在他后头。

在巨人的脖子上有几个并排的岩洞，其中的一个就是看守奇面城大门的三只老虎的房间，洞口没有装铁栅栏。老虎已经和四十面相还有他的部下非常熟悉了，所以是放养的状态。走进老虎的岩洞，见两只老虎正软绵绵地睡在地上。四十面相叫它们，也不见它们理会。只有不久之前被口袋小子救过的那只可爱的虎仔，悲伤地围着两只大老虎打转，鼻子里还发出呜呜的哀鸣。

"难道它们在睡觉？不对，有点儿怪。"

四十面相脸上显出诧异的神色，挨近其中一只大老虎，摸了摸它的身体。

"哎呀！是凉的！它死了！怎么会这样……"

说着，四十面相赶忙又去摸另一只，同样是冰凉的。看样子几个小时前就已经咽气了。

"不像是生病。要是生病，不可能两只同时死掉。也不是中枪，难道说……"四十面相蹲下身来，查看了其中一只老虎的嘴巴，"嗯，果然如此。是血，它们吐血了，肯定是被喂了毒。"

两只老虎的嘴角和鼻孔都有血迹，确实是被毒杀的。四十面相站在原地一动不动，抄着手沉思了一阵，忽然他的眼底闪过一道亮光。

"这究竟是怎么一回事呢？肯定是有人毒杀了老虎。但是除了我的部下，应该没有人来过这里。杰克，事情有点蹊跷，不能放松警惕。看来，我们必须采取最后的手段了。"

说完，四十面相便走出了岩洞。这时远处传来了阵阵枪声。四十面相手下的看守们和警队交火了。

"哇——啊——"

只听得一声声惨叫传来，而且离得越来越近。

看样子，四十面相的部下们落了下风。这时候，四十面相忽然大叫一声，双眼定格在空地对面的森林。

是警员，一名身着制服的警员突然冒了出来。

"哇——"

只听有人大喝一声，一个看似四十面相部下的男人从后面冲上来，和警员扭打在一起。那警员猛地压低身子，把头一低，一个过肩摔便将那个男人朝前甩了出去。很快男人爬起身来，又从前面扑了上去。接下来两个人扭打一阵，之后竟然双双摔倒在地，斗得难解难分。

"哎呀，糟糕！新的敌人出现了！"四十面相不禁惊叫道。

只见森林里又窜出一名警员，扑向正和警员厮打的那个部下身上。这个部下被两名警员压制着，只剩挨打的份。

见此情景，一旁的四十面相立刻蹲了下来，捡起脚边的几颗石子，朝骑在自己部下身上的两名警员狠狠丢过去。石头打中了警员的肩膀，他"哇"地叫了一声，差点儿失去平衡。紧接着又是第二发。只听得"嗖"的一声，石头打中了另一个警员的手臂。警员们这才注意到这边的敌人——一个身穿金丝贵族服饰的家伙。

"看来，那家伙就是四十面相了。"

他们似乎明白了，于是用尽全力朝这边奔过来。

"糟糕！快撤退！"

四十面相将手里剩下的石块朝着警员丢了过去，随即跑回洞窟的入口。

"杰克，你快跑！然后赶紧把桥扔下去！"

杰克也跟着跑了起来，钻进岩洞渡过岩桥。

"快！快把桥扔下去！"

四十面相大声喊道。然而这个冒牌的杰克根本不知道怎么把桥扔下去。见他犹犹豫豫，四十面相等不及了，亲自按下一个隐藏的按钮。

"哗啦啦啦啦……"

一阵震耳欲聋的巨响传来,那个巨大的岩桥竟然朝谷底落了下去。看来,这里设计了一个机关,能在危急时刻松开锁链,让那块巨大的岩石桥掉落谷底。那山谷至少有个几十米深,底下似乎有河流通过,传来隆隆水响。山谷宽约三米,要是让跳远运动员来,说不定还能跳过去。但若换作普通人,根本就过不去。而且只要稍有差池,就会坠入深谷,一命呜呼,所以,就算是跳远运动员来,恐怕也不敢吧。

四十面相终于使出了最后的一招。这下,岩洞内外便断绝了一切联系。警察不可能再从外面攻进来了,可以安心一阵子。但与此同时,四十面相和那个美丽的女人,以及他的十个部下,也被关在了岩洞之中,再也出不去了。过不了多久,粮食就会耗尽,又没有其他的通道运送粮食。这样不出一个月,大家就都得饿死。

难道冒牌的杰克、五郎、五个部下以及口袋小子都只能和四十面相共命运,饿死在这里吗?

―警察的胜利―

警队兵分几路，一面和四十面相的部下们缠斗，一面向奇面城逼近。总指挥是警视厅的中村组长。他的身边有三名警员，还有一个身穿学生服的少年，明智侦探的助手小林芳雄。小林君动作敏捷，东奔西走，负责向其他警员们传达中村组长的命令。

"全体听命令，把他们都绑到树干上去！"

中村组长发出了命令。警员们扯开嗓子，一个传一个，把命令传达下去。毕竟警员的人数多了一倍，两个对付一个。四十面相的部下们一个接一个地落网，被绑在树干上。就这样，只花了一个多小时，四十面相的三十个部下就全都被绑了。警队胜利了。

五十名警员很快冲到了奇面城前。有几名负伤的，也由他们的同伴搀扶着，一起带了过来。等到了巨人脸下方的入口，只见两名警员从里头跑了出来。他们是最先追上四十面相的那两个，还挨了他的石子攻击。其中一名警员报告了情况：

"不行！敌人把桥给沉下去了。那石桥原本架在深不见底的山谷上面，现在他们把它沉下去了。我们无法进入奇面城。"

中村组长带着几名警员进入石桥坠落的地方查看。山谷确实很深，大约有三米宽，下面是无边的黑暗，只听得从深深的谷底传来轰隆隆的水声。

中村组长思索了片刻，下定了决心似的点了点头：

"这样，我们来架一座桥。去森林里砍两棵粗细合适的杉木，斩去枝杈搬进来。最好比这山谷宽两倍，就砍六米左右的吧。四十面相的部下里不是有个人挥一把大斧头么？那把斧头应该就掉在森林里，就用它来砍树。"

命令很快传到了洞外，警队中的十来个人跑去森林里砍树。

岩洞里，四十面相站在他的九个部下中间，一直观望着入口的情况。那个美丽的女人大概是藏起来了，没见她的身影。他们就在离入口十米开外的地方，中村组长的命令声听得一清二楚。

"看来，他们准备拿杉木架桥啊。"杰克望着头儿的脸说道。

"嗯，我们得阻止他们。储物间里应该有把斧子，快把它拿来。他们要是架桥，我们就砍掉它。"

听了四十面相的命令，五郎立刻奔往储物间，拿来了那把大斧子。

用了差不多三十分钟，警员们伐倒了两棵六米多高的杉树，砍掉了枝杈，大家合力将它们搬进了岩洞里。

"来五六个人，抬稳根部，把它架到对面去。两棵都架上去，人就能从上面过了。"

在中村组长的指挥下,警员们六人一组抬起两根杉木,一齐喊着口号,朝着深谷上方架过去。

再看四十面相这一边,眼看着两根杉木就要架过来了,他连忙下令道:

"快,趁现在!到山谷边上去,用斧头把杉木砍下去!"

然而,听了他的命令,拿着斧头的五郎却只是笑眯眯的,并没有行动。

"喂,五郎,你在干什么?难不成是害怕警察的枪吗?!"

四十面相很是恼火,不由得提高了嗓门。可五郎还是笑而不语。

"那,杰克,你去。五郎,把斧头交给杰克。"

杰克也不吱声,同样只是笑而不语。

"哼!你们这群废物!那我自己去!快,把斧头给我。"

四十面相说着便朝五郎走了过去,然而杰克却挡在了他的面前。

"喂！你在干什么？杰克，难道你……"

"是的，我就是要阻止你。"

杰克抄起手来，望着四十面相的脸。

"你说什么？你这小子居然敢阻止我？！你可是我的部下！对着你的主子，你竟敢这么说话。"

杰克也不回答，只是静静地望着他。

四十面相纳闷地望着杰克的脸，忽然反应过来，脸色一下子变了。

"不，你不是杰克。你是谁？！……难不成，难不成……"

"哈哈哈哈……你终于发现了。没错，我是明智小五郎。四十面相，你的老巢终于暴露了啊。"

"喂！五郎，还有你们几个，干吗都愣着？这家伙可是明智小五郎啊！你们怎么不抓住他？"四十面相对着周围的部下大声吼道。

"哈哈哈哈哈……你真正的部下，这儿就只剩下两个了，其他人都是警视厅的刑警。我们召集了一群易容高手，顶替了你的那些部下。"

"啊？这么说，五郎也是冒牌的?！难道是你和五郎两个人开着直升机去山下的镇上，把这些顶替的家伙带进山来的？"

"一点儿没错。今天让直升机没法起飞的也是我，撂倒两只老虎的也是我，万事俱备……哦，你快看，警队已经架好了桥，朝这边来了。四十面相！你已经没有退路了！"

明智朗声说道，将了四十面相一军。

― 最 后 的 王 牌 ―

两棵杉木架在了深谷之上,警员们一个个四手四脚地顺着杉木爬了过来。最先到的十来个人已经站在山谷这头,举起枪悄无声息地走了过来。

"可恶!你们竟然骗了我!我真正的部下去哪儿了?站在我这一方的还有谁?"

"哈哈哈哈……我们冒牌顶替的总共有七个人。真货就剩下两个了,哪还能有什么作为,都在那边的角落里瑟瑟发抖呢。"

明智抬手指向一个角落,四十面相的厨师和另一个年轻人面色苍白,垂头丧气地站在那儿。

"哼,看来,我算是到了最后关头了。我本来不喜欢见血,但事已至此,我也就不客气了,我要你们全都陪葬!"

四十面相说罢,忽然从左右口袋里各掏出一把手枪,举在两只手上。

"我可要开枪了……"

咔嚓、咔嚓,他扣下了两把枪的扳机。然而不知为何,一枚子弹也没射出来。咔嚓、咔嚓……咔嚓、咔嚓……不行,无论怎么扣,只有扳机的空响声。

"哈哈哈哈……这两把手枪里其实一颗子弹也没有。你以为我会忘记把子弹从手枪里取出来吗?你不是应该最清楚我的一贯作风吗?哈哈哈哈……"

听他这么一说,四十面相的脸涨成了紫红色:

"可恶!看样子我得让你见识见识我真正的厉害!哼,有本事你就来抓我。"

他大声吼着,把手里的两把手枪扔了过来,随即拔腿就跑,速度快得惊人。

杰克和五郎,还有其他的部下,以及沿着杉木跨过山谷的警员们，一齐开始追四十面相。

四十面相先是冲回自己的房间，拉起那个漂亮女人的手，从另一扇门出去，朝着岩洞的深处狂奔。女人的裙角都被风吹乱了，眼看随时都会被绊倒。

走廊岔路众多，一条岩石楼梯直通下方。四十面相带着那女人沿着楼梯向下跑去。他们穿过一条岩石隧道，跑进一个二十多平方米的岩洞。明智侦探一行人紧追四十面相，也进入这个洞里。这里没有电灯，伸手不见五指。大家正准备打开手电筒，却见洞中忽然明亮了起来。

只见空中燃起了一只火把，红色的火焰熊熊燃烧，火舌几乎要够到岩洞的顶上。只见四十面相点燃了火把，高高举过头顶。白衣女人现在正被四十面相的左手搀扶着，勉强站定。

"明智先生，警视厅的各位，看样子你们都到齐了。哇哈哈哈哈……听我说，你们看，这里有三个木桶。看清楚了，这三个大木桶就并排放在这儿。你们猜，里面放的是什么？炸药。我只要把火把往里一扔，它们就会一起爆炸。

"这个房间就在我的陈列室正下方，房间里价值连城的美术品瞬间就会化为灰烬。而且这块岩石洞顶还会塌下来，你们一个都跑不了，全都得死在这儿。哇哈哈哈……开心，太开心了。怎么样，这就是我最后的王牌，你们明白了吗？"

四十面相疯狂地大笑着，在装满炸药的木桶上面拼命摇晃着手里的火把。一旦有火星掉进火药桶里，立刻就会引起爆炸。这么一来，整个岩洞都会崩塌，所有人都会葬身于此。

就在这时。

黑暗之中，有一个和四十面相不同的笑声响了起来。

"哇哈哈哈哈哈……哇哈哈哈哈哈……"

听到这一阵笑声，四十面相吃了一惊，四下张望。

"喂！是谁在那儿笑？有什么好笑的？"

"是我，明智。你的气势太夸张了，我实在是忍不住。喂，口袋君，好了，你出来吧。"

明智喊了一声，只见并排的三个火药桶后头窜出一个黑色的小人，迈着小碎步跑了过来。明智一把抱起那个小黑豆，说道：

"哦，口袋小子，你说说，你对那三个木桶做了什么。"

"先生，我现在可以叫您明智先生了吗？我听先生的命令，拿水桶装水往这儿运了好几趟，直到把这三个木桶全部装满。"

口袋小子的话让四十面相大惊失色，他连忙把手依次伸进三个已经揭开了盖子的木桶里，每一个桶里的炸药都泡了水。

"哇哈哈哈……怎么样？炸药被水泡成这样，你就算丢几个火把进去，都不会响一声。很抱歉，看来你的好运真是到头了，连这最后的王牌都没用了，剩下的就只有戴上手铐这一条路了。"

明智话音未落，只见一只燃烧的火把飞了过

来，明智机敏地一闪，火把最终摔在了他身后的岩壁上，擦出了明亮的火花。紧接着，一个人扑了过来。四十面相一脸怨恨地扑过来，与明智扭打在了一起。然而，四十面相的同伴就只有一个柔弱的女人，明智这方还跟着一大帮警员。虽然四十面相一时间把明智骑在了地上，但是很快又被众人压倒在地，铐上了手铐。

给他上手铐的是从警员的队伍中冲上来的中村组长。而在他身边的，则是身穿学生服面带微笑的小林芳雄。

"哦，中村君，还有小林，你们也来了啊。我们终于抓住四十面相了。"

明智侦探伸出双手，握住了中村组长和小林少年的手。

"小林哥，还有我呢！"

黑衬衫、黑手套、黑裤子，还有盖住了整张脸的黑头套，穿得一身黑的小人大步跑到小林团长的面前，握住了他的手。

"哦！口袋小子，你太了不起了！发现了奇面城，还往火药桶里灌了水，让四十面相乖乖投降，这全都是你的功劳！"

小林握着口袋小子的手，脸上洋溢着久别重逢的喜悦。

"我简直开心死了！明智先生终于赢了四十面相，而且还抓住了他！"口袋小子说到这儿，喜不自禁，举起了双手，"明智先生，万岁！小林团长，万岁——"

紧接着，小林芳雄也眼含泪光，回应着他欢呼了起来：

"少年侦探团，别动队，万岁！"